발로 읽는 **열하일기**

발로 읽는 열하일기

초판 1쇄 인쇄 · 2019년 12월 22일
초판 1쇄 발행 · 2019년 12월 26일

지은이 · 문 영
펴낸이 · 한봉숙
펴낸곳 · 푸른사상사

주간 · 맹문재 | 편집 · 지순이 | 교정 · 김수란
등록 · 1999년 7월 8일 제2-2876호
주소 · 경기도 파주시 회동길(서패동) 337-16
대표전화 · 031) 955-9111(2) | 팩시밀리 · 031) 955-9114
이메일 · prun21c@hanmail.net
홈페이지 · http://www.prun21c.com

ISBN 979-11-308-1498-8   03810

값 15,500원

푸른사상
산문선

29

발로 읽는
열하일기

문 영 산문집

푸른사상
PRUNSASANG

본 서적은 울산문화재단 2019년 예술창작발표지원사업의 일환으로 제작되었습니다.

고난 속에서 빛나는 열망

『열하일기』는 연암 박지원이 그의 나이 마흔네 살 때인 1780년 (정조 4) 청나라 건륭제 칠순 축하 사절단 일행으로 다녀와서 남긴 기행문이다. 오늘날 다시 『열하일기』에 대한 관심이 활발히 일어나고 있다. 왜 『열하일기』인가. 이런 질문에 대한 답으로 『열하일기』가 변화를 통하여 현실의 문제점을 점검하여 새로운 패러다임을 만들고자 하는 열망을 보여주기 때문이라 하겠다. 『열하일기』를 읽는다는 것은 열린 세계에 대한 열망을 현실에서 찾고자 한 연암을 통해 삶의 가치와 의미를 재발견하는 길이다. 그것은 변화를 통해 고난에도 좌절하지 않는 정신이다.

『열하일기』와 나는 언제, 어떻게 접속이 된 걸까. 어떻게 되었기에 30년이 넘는 세월을 내 곁에서 떨어지지 않고 있는 것일까. 잊을 만 하면 나타나 나를 흔들었던 책. 고등학교 시절 교과서에 실려 있던 연암의 「물」을 읽고부터라고 말하면 되겠다. 교실에서인지 어두운 골방에서인지 모르겠지만 어쨌든 그 나이였다. 1980년대 직장을 잡고 첫 월급으로 『열하일기』를 구입하여 통독했지만, 당시까지는 어설픈 접선에 지나지 않았다. 1990년대를 지나면서 『열하일기』 완역본과 연구서와 기행문들이 쏟아져 나오면서 '열망 없이 사는 나'를 자극하기 시작했다. 나는 『열하일기』를 읽으면서 열망을 향하여 나아갔다. 글을 읽으면서 답사를 꿈꾸고 『열하일기』를 따라 걸었다. 읽기가 답사 설계도를 그리면서 글을 만들었다. 연암의 글에 충실하면서 새로운 세계에 대한 열망을 버리지 않는, 고통에도 좌절하지 않는 삶이 되길 갈망했다.

『열하일기』는 당대의 금서였다. 문체가 순정하지 못하다고 정조 임금까지 반대한 불온서적이었다. 옛글을 모방하여 상투적으로 쓴 문체가 아니었기에 금지된 글. 고루하기 짝이 없는 문단에 생동감과 개혁의 바람을 몰고 온 연암의 문체. 한문을 아는 식자들은 누구나 읽었던 당대 최고의 베스트셀러! 『열하일기』에는 다양한 글의 형식과 문체, 생동감 넘치는 인물과 사건 묘사, 현장감이 묻어나는 대화체, 해학과 진지함, 실용적이고 진보적인 사고 등의 명품 파일들이 내장되어 있다. 예를 들어 다양한 글의 형식에 누르기를 해보라. 그러면 중국학자와 상인과 필담을 나눈 희곡 형식은 현장감과 생동감이 고스란히 전달되며, 이야기 형식인 소설 「호질」과 「허생전」은 현실 풍자가 뛰어나다. 수필 형식인 「호곡장론」 「일야구도하기」와 「노상봉취우기」는 비유와 묘사를 통해 사유의 독창성을 드러낸다. 시화와 비평은 날카로우면서 따뜻하다. 수레와 벽돌을 논한 글과 '장관론' '이별론'은 논리적이면서도 감성적이다. 『열하일기』는 풍부한 지식과 견문, 참신하고 사실적인 표현 기법 등으로 연암 문학의 진수를 보여준다.

또한, 다양성과 현장에서 우러나온 사실성, 생생한 묘사와 기발한 발상과 풍자, 일상어의 거침없는 사용 등이 글의 마력에 빠지게 한다. 이 같은 특성이 『열하일기』를 고전으로 남게 한 이유이지만, 그보다도 우리가 더욱 관심을 가지는 것은 역사와 문학, 인문학과 자연 과학, 당대의 문화 풍속 등을 두루 포함하여 많은 사람이 공유하면서 통섭할 수 있는 텍스트이기 때문이다.

"아는 만큼 보인다"는 말이 참이라면 "보는 만큼 알게 된다"는 말도 참으로 성립한다. 보이는 것과 보이지 않는 것을 찾으려고 한 긴 여정의 발자취가 연암의 『열하일기』이다. 그것은 열린 세계에 대한 열망과 고난을 수반한 변화를 통해 개혁하고자 한 당대의 진보성과 통한다. 이를 일러 '고난 속에서 빛나는 열망'이라고 명명할 수 있을 것이다. 그렇지만 『열하일기』는 상찬받는 것에 만족하지 않고 시대의 변화에 따라 새로운 이상과 패러다임 만들기를 우리에게 요구한다. 우리 시대에 필요한 삶의 가치는 무엇일까? 연암의 『열하일기』가 그 해답을 제시해주고 있다.

『발로 읽는 열하일기』는 『경상일보』에 주 1회로 10개월 넘게 총 42회에 걸쳐 연재되었다. 당시 글은 1차와 2차 기행 답사를 바탕으로 빠르게 쓰였다. 그 후 선행 기행 답사자료와 문헌, 관련 지도와 사진 등을 참고하여 글을 깁고 고치고 하다 보니 시간이 걸렸다. 3차 기행을 통해 북경과 고북구에 관한 미진한 부분을 다시 메웠다.

그리고 『열하일기』에 나오지 않는 내용의 글도 몇 편 실었다. 연암이 가보지 못한 곳으로 현재 상황을 보여주기 위해서이다. 『열하일기』를 만난 지 30년이 넘는 시간이 흘렀다. 읽기와 쓰기는 느렸지만, 시간은 빠르게 지나갔다. 『발로 읽는 열하일기』는 진행형이다. 틀리거나 잘못된 부분에 대해 독자들의 질정(叱正)을 바란다.

그동안 응원해준 아내 리라와 두 딸(별, 솔)과 열하 기행을 함께한 성신고 팀(1차), 이상도 형과 임윤 시인과 임규동 기자(2차), 지우문인과 오영수문학관 팀(3차) 그리고 교정과 교열을 한 소설가 차영일, 당대의 조·청 관계사에 도움말을 준 역사학자 송수환 박사 등 모든 분께 감사드린다. 특히 사진 자료를 흔쾌히 제공해준 임규동(경상일보 디지털미디어 국장)과 책 제명을 선사하고 전 구간 기행 답사를 마련해준 경상일보 정명숙 (전)편집국장에게 고마움을 더한다.

2019년 가을
문영

* 이 글에서 주 인용은 『열하일기(熱河日記)』(이가원 역, 대양서적, 1978)와 『열하일기(熱河日記)』(이가원 역, 올재, 2016)이다.

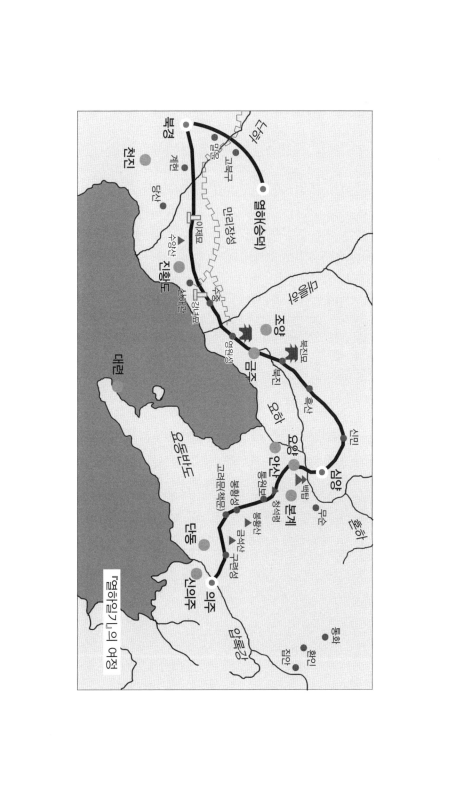

『열하일기』의 여정

북경
열하(승덕)
난하
천진
계현
당산
고북구
만리장성
이제묘
수양산
진황도
갈석관
석하역
백이
조양
북진묘
요하
금주
북진
조양산
능원산
십삼산
소릉하
신민
요양
안산
요양
통원보
본계
태자하
청석령
봉황산
봉황성
단동
고려문(책문)
금석산
구련성
위안
의주
압록강
청하
장인
홍화
통원
대련
요동만도
사평
무순
혼하
혼하

제4부 열하에서 길 찾기

제1부

압록강을 건너

압록강에서 길을 묻다

    압록강 너머 북한 땅에 아침 해가 떠오른다. 어둠을 벗겨내고 빛을 물들이는 해의 작업이 압록강 물결 위에 펼쳐진다. 빨간 당구공 같은 해가 차츰 커지면서 번쩍이는 둥근 접시가 되었다가 금쟁반에 빛 테두리를 두른다. 그 테두리마저 엷어지자 해는 하늘의 출발선에 얼굴을 드러낸다.

    '물빛이 오리 대가리 빛처럼 푸르다' 하여 이름 붙여진 압록강(鴨綠江)을 사이에 두고 다리도 몸체를 드러낸다. 압록강 단교와 중조 우의교(中朝友谊桥). 이 중 압록강 단교는 한국전쟁의 아픈 흔적이면서 일제강점기 시대에 기차를 타고 건너간 유민을 기억하는 곳이다. 우리는 아픈 기억을 알려주는 또 다른 다리를 찾아냈다. 압록강 단교로부터 약 3킬로미터 상류 지점에 100여 년 된 나무다리가 놓였다. 다리는 삭아서 끊어진 채 물속에 잠겼다가 갈수기 때에 모습을 드러낸다. 우리는 그것을 카메라에 담았다. 그뿐만 아니라 '사람이 놓은 다리, 태양이 놓은 다리'라고 명명(命名)했다.

압록강 옛 다리

　차는 위화도 앞에 멈춘다. 1962년 체결된 북한과 중국 간의 '조중변계조약(朝中邊界條約)'에 의하면, 압록강 섬은 205개이다. 그중 북한 섬은 127개이고 중국 섬은 78개이다. 압록강에서 가장 큰 섬이 위화도인데 크기가 서울 여의도의 두 배 정도다. 조선 태조 이성계가 이곳에서 회군을 감행하여 역성혁명을 일으켰다. 강물은 위화도를 사이에 두고 양 갈래로 갈라져 내려온다.

　『열하일기』「도강록」편을 보면, 연암은 압록강을 건너기 전 의주성에서 술 석 잔을 뿌리면서 여행의 무사함과 시중드는 창대와 장복과 말의 안녕을 기원한다. 이어 의주성을 나와 통군정 위쪽에 있는 구룡정에서 사람과 말, 물건 따위를 점검한 후 압록강을 건넌다.
　연암은 압록강을 건너면서 화두 하나를 던진다. 사신 홍명복(수석 역관)에게 "길(道)을 아는가"라고 물은 후에 '길'은 저편 강 틈 사이에 있다고 말한다. 연암은 "압록강은 바로 우리나라와 중국의 경계가 되는 곳이야. 그 경계란 언덕이 아니면 강물이네. 무릇 천하 인민의 떳떳한 윤리와 사물의 법칙은 마치 강물이 언덕과 서로 만나는 피차의 중간과 같은 걸세."라고 말한다. 강과 강 언덕 틈 사이에서 '길'을 찾을 수 있다는 발상은 『열하일기』에서 첫 번째로 등장하는 화두이다.

틈이 있기에 문명과 문명이 교류한다. 틈이 있기에 사람과 사람 사이에 만남이 이루어진다. 자연과 우주도 틈이 있어서 인간은 숨을 쉬며 살아간다. 중국과의 경계가 압록강이다. 아니, 압록강이 틈이요, 사이요, 길이다. 틈이 백성을 다스리는 법도, 순리이며 숨구멍, 생명을 길러내는 법칙이다. 그렇다면 우리의 틈은 어디 있으며, 우리의 길은 어디에서 찾을 것인가.

사라진 고구려 역사의 현장

1780년(정조 4) 6월 24일, 조선 사신 일행은 온종일 비가 오락가락하는 중에 압록강을 건너 구련성에서 노숙했다. 통상적으로 조선 사신 일행의 압록강 출발지는 의주 통군정이다. 그런데 그들은 비로 불어난 물과 빠른 물흐름 때문에 통군정 상류 구룡정에서 출발하여 삼강에 닿았다. 삼강은 구련성 호산마을을 통과해 압록강으로 흘러든다. 중국 땅인 호산 마을과 북한 땅인 우적도의 방산 마을과 사이는 '일보과(一步跨, 한 걸음만 내디디면 건넌다)'로 아주 가까운 거리다.

애하(靉河)라는 강 서쪽 줄기인 삼강 부근에는 호산장성이 있다. 1990년대 중국 측에서 길이가 약 2킬로미터나 되는 고구려 옛 산성인 박작성을 허물고 그 자리에 만리장성을 쌓았다. 고구려는 3세기경 압록강 하구에 애첨고성(서안평성), 구련성, 박작성, 대행성을 쌓아 압록강 방어체계를 세웠다. 박작성에 관한 기록은 『삼국사기』 「고구려본기」 10, 보장왕편에 있다. 즉 "당 태종이 장군 설만철 등을 보내어 고구려를 쳐들어왔는데, 바다를 건너 압록강으로 들어와 박작성 남쪽 40리에서 머물러 영(營)을 만드니 박작성주 소부손이 보기병(步騎兵) 만여 명을 거느리고 이에 항거하였다."와

일보과

"박작성은 산을 의거하여 요새를 설치하고 압록강을 격(隔)하여 굳게 지키므로 이를 공격하니 함락시키지 못하였다."가 그것이다. 그런데 중국 정부는 고구려의 박작성을 없애고 만리장성의 동쪽 최동단기점이라 하면서 '호산장성'을 만들었다. 고구려 역사 현장을 없앤 동북공정은 이뿐만 아니다. 〈호산장성의 전시관〉에는 만리장성 지도가 산해관에서 요녕성 장춘을 거쳐 호산장성까지 그려졌다.

특히 내 눈을 아프게 한 것은 전시관 옆 고구려 우물터였다. 1998년 발굴 사진에서 본 박작성 우물터 모습과는 달랐다. 당시 고구려 유물 중 배가 출토되어 학계의 관심을 일으켰던 우물은 메워지고 없었다. 과거 사진에서 본 쐐기꼴 돌을 쌓아 올린 우물 석축벽도 형체의 일부분만 남았다. 메워버린 고구려 우물터를 둘러보고 나오니 북만주 벌판의 찬바람이 가슴에 숭숭 구멍을 만든다. 호산 마을을 지나 구련성 쪽으로 간다.

구련성은 청나라와 조선 국경 사이 완충지대에 있었다. 이곳에서 연암 일행은 밤에 화톳불을 밝히고 군뢰가 호각(나팔)을 불면서 일제히 고함을 질러 범이 못 오도록 했다. 옛 구련성의 모습은 없다. 표지석만이 허름한 상점 앞에 놓였다. 고구려 역사의 현장인 박

작성과 구련성도 문명의 시간과 동북공정의 날카로운 이빨 앞에 매몰되었다. 마음이 어두워져 술 한 모금을 마셨다. 차는 책문을 향한다.

> **TIP** 호산장성(虎山長城) 중국 측에서 명나라 성화 5년(1469)에 장성을 세웠다는 근거를 들어, 고구려 박작성의 옛 성터를 허물고 그 자리에 1990년부터 1993년에 걸쳐 호산장성을 거용관식으로 급조 복원했다.

책문

구련성을 떠나 서북쪽으로 50분 정도를 가면 '변문진'이라는 표지석이 있는 책문(柵門)에 이른다. 책문은 단둥시에서 봉성시로 가는 G304번 국도에서 철길이 만나는 건널목 마을이다. 봉황산이 눈앞에 보인다. 청나라 때는 책문을 변문, 봉황성 변문 또는 가자문, 고려문 등으로 불렀다. 책문은 입국 수속과 통관 절차를 밟는 곳이다. 연암은 "책문은 위를 이엉으로 덮었고, 널빤지 문짝은 굳게 걸어 잠갔다."라고 했다. 당시의 책문은 초라하고 볼품없었다는 말이다. 그러나 책문 안 풍물을 보고는 연암은 기가 꺾여 발길을 돌리고 싶은 질투심을 느꼈다고 했다.

연암도 놀라 탄복한 책문은 조선과 청나라 사이에 밀무역이 이루어지던, 즉 '책문무역'이 성행했던 곳이다. 책문무역은 1660년(현종 1)부터 청나라와 조선 사신들이 내왕하는 기회를 이용하여 구련성과 봉황성 사이에 위치한 이곳에서 이루어졌다. 사신들이 오고 갈 때 의주 상인들이 책문에서 밀무역을 도맡았다. 조선은 당시 사

변문진 표지석

신과 역관에게 합법적으로 무역할 수 있도록 '팔포(八包)'를 정해주었다. '포'는 '자루'라는 뜻이고, '팔포'는 '여덟 자루'의 인삼을 말한다. 인삼은 당시 중국과 일본에서 거래되는 중요한 무역상품이었다. 팔포 안에서 직급에 따라 각자가 인삼을 은으로 바꾸어 거래하도록 했다. 은을 마련할 수 없는 사람들은 '포'를 장사꾼들에게 팔아 경비를 마련했다. 거래는 주로 만상(灣商)이라 불리는 의주 상인이 담당했다. 책문무역이 개방된 후에도 의주 상인에게만 거래가 허용되었기 때문에 '만상후시'라 했다. 지금으로 말하면 책문은 정부의 묵인하에 밀무역이 이루어지던 국경 장터인 셈이다.

책문에서 일어난 일화 중 재미있는 것은 그 지역 관리나 군졸들에게 예단을 나누어줄 때 벌이는 역관 득룡이란 인물의 활약상과 반대로 썰렁한 유머를 자아내는 하인 장복이의 인물됨이다. 득룡의 외교적 수단이 수많은 경험에서 이루어졌지만, 장복은 초행이라 그렇지 못했다. 책문을 통과하기 전에 행장을 정돈하던 연암이 열쇠를 잃어버린 사실을 두고 "네가 또다시 한눈을 팔다가는 얼마나 많은 물건을 잃을지 모르겠다."라고 장복이를 나무란다. 그러자 장복이는 대답한다. "소인은 이미 다 알고 있습니다. 그런데 가서 구경을 할 때는 두 손으로 눈을 막을 터이니, 그렇게만 한다면 눈을 팔기는 고사하고 어떤 놈이 내 눈을 뽑아 가겠습니까?" 장복이의 어처구니없는 말이 미워할 수 없는 웃음을 유발한다.

TIP **봉황산(鳳凰山)** 중국 요녕성 4대 명산 가운데 하나로 중국 국가급 풍경 명승구역이다. 최고 높은 봉우리인 찬운봉의 높이는 836미터이다. 봉황산이란 이름은 순임금 때 봉황이 나타났다는 전설에서 유래되었다. 이후 '훌륭한 임금'이 나타나면 봉황이 나타났다는 이야기가 전해진다.

TIP **팔포(八包)** 팔포는 조선시대 사행 한 사람이 휴대할 수 있는 인삼의 양을 말한다. 사행 인원에게 각자 인삼 여덟 포의 무역권을 주었다. 이것을 일러 '팔포제(八包制)'라 한다. 조선 초에는 한 사람에게 인삼 열 근을 여덟 포로 나누어 한 포당 20냥으로 하다가 나중에는 인삼 한 근당 25냥으로 환산하여 은 2,000냥이 주어졌다. 여기에 당상관은 은 1,000냥을 더 가져갈 수 있었다. 그러다가 조선 후기에는 인삼 부족으로 인삼 대신 은으로 바뀌었다.

봉황산성과 벽돌론

봉황산성 남쪽 입구는 '변문진' 표지석에서 비포장도로를 따라 10분 정도쯤 걸어가면 나온다. 고구려가 이곳에 성을 쌓았는데 중국 측에서 군사시설을 설치하면서 고구려의 옛 성벽을 훼손했다. 봉황산성은 원래는 고구려 오골성이다. 오골성은 고구려 산성 가운데 가장 크며 요동반도 동남부의 요충지였다. '오골성'에 관한 『삼국사기』「고구려본기」 10, 보장왕편에, "648년 당나라 설만철이 박작성을 쳐들어가 포위하자 고구려는 장군 고문을 보내 오골성과 안지성 등에 있는 군사 삼만을 거느리고 가서 도왔다."라고 했다. 당 태종이 안시성을 공략하지 못하자, 당에 항복한 고연수와 고혜란이 오골성을 먼저 공격하자고 건의했다는 데서도 이 성이 전략적 요충지였음을 알 수 있다. 오골성은 뚜렷하게 고구려 역사의 한 면을 차지했다. 그런데 중국 정부는 봉황산성이라는 표지석을 세우고 고구려의 흔적을 지웠다.

『열하일기』에는 오골성에 대한 언급이 없다. 단지 연암은 봉황산성이 안시성이 아님을 역사적 사료를 들어 주장했다. 『열하일기』에 나오는 봉황성은 산성이 아니고 마을 평지에 있는 성이다. 책문 안 번화한 거리를 구경하던 연암이 "봉황산은 여기서 6~7리쯤 된다. 앞에서 보니 기이하고 뾰족하다는 걸 새삼 알겠다. 산속에는 안시성 옛터가 있단다. 성가퀴(성 위에 낮게 쌓은 담)가 아직도 남아 있다고들 하지만 그건 잘못된 말이다. 삼면이 모두 깎아지른 듯 험하여 나는 새도 오르기가 어렵다. 남쪽만이 좀 평평하긴 하지만 둘레가 수백 보밖에 안 된다. 이렇게 총알만 한 성에는 당나라 대군이 오랫동안 머물지 못할 테니, 그곳은 고구려 때의 조그마한 보루였을 것이다"(「도강록」 6월 27일에서)라고 진술했다. 그리고 다음 날 책문을 출발하면서 "봉황성까지는 30리쯤 더 가야 한다."라고 적었다. 연암은 봉황산성을 고구려의 조그마한 보루라고 했다. 그러나 실제로 봉황산성은 전체 둘레가 약 16킬로미터에 이른다. 연암이 제대로 파악하지 못하고 한 말이다.

대신에 그는 '패수'라든지 '평양'의 지명도 한반도에 있는 게 아니라 요동에도 있었음을 역사적 근거를 들어 해명했다. 예를 들어 '평양'은 요서에 있는 영평(하북성 무령현 노룡 지역)과 광녕(요녕성 북진시) 사이를 이르기도 하며, 요동의 요양현(요녕성 요양시)도 모두 평양으로 불렀다고 했다. 이것은 민족의 이동에 따라 지명도 이동했음을 보여주는 사례이다.

연암은 봉황성 내의 집을 보면서 '벽돌론'을 펼친다. 상대는 청나라 문물에 대해 별 관심이 없는 정 진사이다. 연암은 정 진사에게 "성을 쌓은 방식이 어떠한가?"라고 묻는다. 정 진사는 "벽돌이 돌만

호산마을의 벽돌

은 못한 것 같네.”라고 말한다. 즉시 이 말에 반박하는 연암의 '벽돌론'이 펼쳐진다.

> “자네가 모르는 말일세. 우리나라 성과 제도(制度)에서 벽돌을 쓰지 않고 돌을 쓰는 것은 잘못일세. 대저 벽돌로 말하면, 한 개의 네모진 틀에서 박아내면 만 개의 벽돌이 똑같을지니, 다시 깎고 다듬는 공력은 허비하지 않을 것이요, 아궁이 하나만 구워놓으면 만 개의 벽돌을 제자리에서 얻을 수 있으니, 일부러 사람을 모아서 나르고 어쩌고 할 수고도 없을 게 아닌가. 다들 고르고 반듯하여 들이는 힘을 덜고도 공이 배나 되며, 나르기 가볍고 쌓기 쉬운 것이 벽돌만 한 것이 없네.”
>
> ―「도강록」 6월 28일에서

벽돌론은 북학파가 주장하는 이용후생(利用厚生)을 보여주는 예이다. 그러나 정 진사는 이 말을 듣지도 않은 채 졸고, 자기를 나무라는 연암을 향해 "내 벌써 다 들었네. 벽돌은 돌만 못하고, 돌은 잠만 못하느니."라는 말을 쏟아낸다.

　2차 기행 답사팀은 봉황산 정문을 나와 봉성시의 결혼 차량이 폭죽을 터트리는 광경을 보면서 심단고속도로(심양–단동)에 차를 올렸다.

통원보와 초하구를 지나며

봉성시에서 통원보(通遠堡)까지는 차로 한 시간 정도가 걸린다. 연암 일행은 장마철 불어난 물로 인해 통원보에서 6일간 머물렀다. 통원보는 우리나라 소읍 정도로 벽돌집이 강을 따라 길게 늘어선 동네다. 산골짜기에서 내려오는 물이란 물은 온통 통원보 마을 하천으로 모여든다. 여름 장마철 냇물이 불어나면 마을이 온통 물바다가 되는 지형 구조다. 지금은 하천을 정비하고 집들은 언덕에 모여 있다. 그런데 중국인은 물을 이용한 논농사는 짓지 않고 밭농사만을 하는지 들판 가운데는 옥수숫대를 무더기로 쌓아놓았다.

연암의 글에도 밭농사를 중시했다는 이야기가 나온다. 내용은 이렇다. 연암은 이곳에 머물 적에 수수밭 농사를 짓는 이가 자기 밭에 들어온 남의 돼지를 조총으로 쏴 죽이는 광경을 본다. 농사짓는 이는 돼지 주인을 나무라면서 그 돼지마저 가져가버린다. 그런데도 돼지 주인은 항변 한마디 못 한다. 이것은 청나라 강희제가 밭농사를 소중히 여겨 마소가 곡식을 밟으면 곱절을 물리고 짐승을 함부로 풀어놓아 농사를 망치는 자는 곤장 예순 대를 친다는 법령을 제정했기 때문이었다.

또한, 연암은 통원보에서 벽돌 가마와 '캉'(만주족의 방)을 만드는 제도인 구들 놓는 법을 관찰한다. '캉'은 부엌과 방이 실내에 함께 공존하는 형태로 추운 지방에 적합한 제도이다. 구들 놓는 법 또한 벽돌로 하기에 온돌 방식보다 만들기가 쉽고 편리하다. 이런 실용적인 점을 들어 연암은 오랑캐라도 앞선 문물은 받아들이고 배워야 한다고 말한다.

나는 통원보 휴게소에서 지도책을 구입했다. 지도에다 장소 표시를 하면서 북쪽으로 20분 정도를 가니 초하구(草河口)라는 지명이 나온다.

> 청석령(靑石嶺) 지나거냐 초하구가 어디메뇨
> 호풍(胡風)도 참도 찰사 궂은비는 무스 일고
> 뉘라서 내 형색 그려내여 님 계신 데 드릴고

병자호란 때 봉림대군이 청나라의 인질로 잡혀가면서 읊은 시조이다. 이 시는 화자 자신이 겪은 고난을 임(임금)에게 하소연하고 있다. 체험의 절실함에도 불구하고 개인사에 의탁했다. 고난을 함께 겪었을 백성에 대한 관심과 배려보다는 자신의 사적 감정이 앞섰다. 물론 사적 정서라 하여 폄하될 수는 없지만, 전쟁에서 겪는 고난과 치욕은 개인의 호소나 한탄으로 끝날 문제가 아니었다. 더구나 그는 왕가의 대군이 아닌가. 이때의 체험은 개인적인 것보다는

통원보 마을 전경

민족과 역사에 대한 인식이 선행되어야 할 터였다. 그의 개인사적
한탄조는 현실과 역사 인식이 치밀하지 못한 증거이다. 그 결과는
봉림대군이 왕(효종)이 되었을 때 실현성 없는 정책인 '북벌론'으로
나타났다. 작품에 나타난 지명에서도 청석령보다 초하구란 지명이
먼저 나오는 게 순리다. 초하구를 지나 연산관을 거쳐 청석령에 이
른다.

　2차 기행팀은 초하구를 통과하여 요양시로 가기 위해 국도로 접
어들었다. 그러나 도로 공사 관계로 길을 잘못 들어 교두진이라는
마을로 들어갔다가 농로를 거쳐 겨우 빠져나왔다. 차는 본계시 공
장 지대인 북대야를 통과해서 요양으로 달렸다. 이곳을 통과하면
넓은 벌판이 펼쳐진다. 요동벌판, 연암이 '통곡할 만한 자리'(「호곡장
론」)라 말한 곳이다.

요동벌판과 호곡장론

8일 갑신(甲申).

개었다.

정사와 한 가마를 타고 삼류하(三流河)를 건너서, 냉정(冷井)에서 아침밥을 먹었다. 10리 남짓 가서 산모롱이 하나를 접어들자 태복(泰卜)이가 갑자기 국궁(鞠躬, 존경하는 뜻으로 몸을 굽힘)하고 말 앞으로 달려 나와서 땅에 엎드려 큰 소리로,

"백탑(白塔)이 보입니다."

한다. 태복은 정 진사의 마두다. 아직 산모롱이에 가려 백탑은 보이지 않는다. 빨리 말을 채찍질하여 수십 보를 채 못 가서 겨우 모롱이를 벗어나자, 안광(眼光)이 어른거리고 갑자기 한 덩이 흑구(黑毬, 검은 공)가 오르락내리락한다. 내 오늘에 처음으로, 인생(人生)이란 본시 아무런 의탁한 곳이 없이 하늘을 이고 땅을 밟은 채 떠돌아다니는 존재임을 알았다. 말을 세우고 사방을 돌아보다가 나도 모르는 사이에 손을 들어 이마에 얹고,

"아, 참 좋은 울음 터로다. 가히 한 번 울 만하구나."

하였다. 정 진사가,

"이렇게 천지간의 큰 안계(眼界, 눈에 보이는 범위. 시야)를 만나서 별안간 울고 싶다니, 웬 말씀이오."

하고 묻는다. 나는,

"그래 그래, 아니 아니. 천고의 영웅(英雄)이 잘 울었고, 미인(美人)은 눈물 많다지. 그러나 그들은 몇 줄기 소리 없는 눈물을 흘렸기에, 소리가 천지에 가득 차서 금(金, 쇠)·석(石)으로부터 나오는 듯한 울음은 듣지 못하였소. 사람이 다만 칠정(七情, 희(喜)·노(怒)·애(哀)·락(樂)·애(愛)·오(惡)·욕(欲)) 중에서 슬플 때만 우는 줄로 알고, 칠정 모두가 울 수 있음을 모르는 모양이오. 기쁨이 사무치면 울게 되고, 노여움이 사무치면 울게 되고, 즐거움이 사무치면 울게 되고, 사랑이 사무치면 울게 되고, 욕심이 사무치면 울게 되는 것이오. 불평과 억울함을 풀어 버림에는 소리보다 더 빠름이 없고, 울음이란 천지간에 있어서 우레와도 같은 것이오. 지극한 정(情)이 우러나오는 곳에, 이것이 저절로 이치에 맞는다면 울음이 웃음과 무엇이 다르리오. 인생의 보통 감정은 오히려 이러한 극치를 겪지 못하고, 교묘히 칠정을 늘어놓고 슬픔에다 울음을 배치했으니, 이로 인하여 상고를 당했을 때 억지로 '애고', '어이' 따위의 소리를 부르짖지. 그러나 참된 칠정에서 우러나온 지극하고도 참된 소리란 참고 눌러서 저 천지 사이에 서리고 엉기어 감히 나타내지 못한다오. 그러므로, 저 가생(賈生, 이름은 의(誼). 한나라 문신)은 일찍이 그 울 곳을 얻지 못하고, 참다 못해서 별안간 선실(宣室, 한 문제가 거처하던 미앙궁)을 향하여 한 마디 길게 울부짖었으니, 이 어찌 듣는 사람들이 놀라고 해괴히 여기지 않으리오."

한즉, 정은,

"이제 이 울음 터가 저토록 넓으니, 나도 의당 당신과 함께 한 번 슬피 울어야 할 것이나, 우는 까닭을 칠정 중에서 고른다면 어느 것에 해당될까요."

한다. 나는,

"저 갓난아기에게 물어 보시오. 그가 처음 날 때 느낀 것이 무슨 정인가. 그는 먼저 해와 달을 보고, 다음에는 앞에 가득한 부모와 친척들을 보니 기쁘지 않을 리 없지. 이러한 기쁨이 늙도록 변함이 없다면, 본래 슬퍼하고 노여워할 리 없으며 의당 즐겁고 웃어야 할 정만 있어야 하련만, 도리어 분한(忿恨, 분하고 한스러움)이 가슴에 사무친 것같이 자주 울부짖기만 하니, 이는 곧 인생이란 신성(神聖)한 이나 어리석은 이나를 막론하고 모두 한결같이 마침내는 죽어야만 하고 또 그 사이에는 모든 근심 걱정을 골고루 겪어야 하기에, 이 아기가 태어난 것을 후회하여 저절로 울음보를 터뜨려서 스스로를 조상함인가. 그러나 갓난아기의 본정이란 결코 그런 것은 아닐 거요. 무릇 그가 어머니의 태중에 있을 때 캄캄하고 막혀서 갑갑하게 지나다가, 갑자기 넓고 훤한 곳에 터져 나와 손을 펴고 발을 펴매 그 마음이 시원할 것이니, 어찌 한마디 참된 소리를 내어 제멋대로 외치지 않으리오.

그러므로, 우리는 의당 저 갓난아기의 꾸밈없는 소리를 본받아서 저 비로봉(毗盧峯) 산마루에 올라가 동해를 바라보면서 한바탕 울어볼 만하고, 장연(長淵, 황해도의 고을) 바닷가 금모래밭을 거닐면서 한바탕 울어볼 만하며, 이제 요동벌판에 와서 여기서부터 산해관(山海關)까지 1천 2백 리 사방에 도무지 한 점의 산도 없이 하늘 끝과 땅 변두리가 맞닿은 곳이 아교풀로 붙인 듯, 실로 꿰맨 듯, 고금에 오가는 비구름만 창창할 뿐이니, 이 역시 한바탕 울어볼 만한 곳이 아니겠소."

하였다.

요동벌판을 처음 본 사람은 누구나 1,200여 리나 되는 광활한 땅에 압도되어 천지의 넓음을 경탄한다. 그러나 요동벌판을 두고 어떤 수사학을 동원하더라도 연암의 「호곡장론(號哭場論)」보다 나은 문장은 나오지 않으리라. 명문이란 어떤 글인가. 미문은 아름다움만을 추구하지만, 명문은 아름다움과 뜻을 함께 추구한다. 그러나 그 뜻은 보편적이면서도 참신해야 한다. 명문은 손끝이나 책상머리에서 나오기보다는 발과 가슴, 온몸으로부터 나온 경우가 많다. 체험과 사유의 넓이와 깊이를 드러내는 글. 어디에 한 자를 더할 것도 뺄 것도 없는 글이 명문이다. 연암의 「호곡장론」은 넓은 요동벌판을 두고 '울음터'라고 한 기발한 발상과 칠정에 바탕을 둔 어린애 울음에 대한 비유가 참신하다. 연암이 말한 통곡의 울음은 간절함과 절절함을 대변하는 매개물이다. 그 울음은 인생에 대한 통찰과 깊이에서 나온다.

그렇다면 요동벌판의 울음터를 보고 느끼는 내 마음이란 무엇이었을까. '한바탕 울음을 울 만큼 살아보지 못한 가련함. 한 번도 어린애 울음처럼 참된 소리를 질러보지도 못하고, 먹고사는 일에 목매달고 사는 좀팽이 같은 삶'에 대한 한탄이 아니었을까. 아니면 '세상은 요동벌판의 울음터처럼 넓고 넓으며, 인생은 얼마나 깊고도 깊은 것인가'라고 되뇌는 넋두리가 아니었을까.

요동벌의 바람은 내 마음을 아는지 천지를 헤집고 다닌다. 나는 벌판의 주인인 바람에게 쓰라린 신고식을 했다. 그리고 다음과 같이 바람에게 여정을 보고했다.

　연암이 요동벌판을 본 것은 1780년 7월 8일, 낭자산을 떠나 냉정(冷井) 마을에서 아침을 먹고 10여 리를 갔을 때였다. 정 진사의 마두인 태복이가 백탑을 의인화하여 "백탑이 현신함을 아뢰오"라고 알리면서부터이다. 중국 지도와 『문명의 연행길을 가다』라는 책을 살펴보니, 연암 일행이 지나온 계명사가 있는 낭자산과 냉정 사이의 옛길은 큰 댐이 건설되었다. 냉정이란 마을은 왕보대(王寶臺)라 했는데 지금의 '망보대(望寶臺)'로 이름이 바뀌었다. 연암은 이곳을 지나 고려촌(지금의 전진(前進)), 아미장(지금의 아미(蛾眉))을 통과하여 구요양에 들렀는데 반나절이 넘게 걸렸다. 그런데 나는 연암이 울음터라 명명한 요동벌판을 보면서 통곡은커녕 바보처럼 '아' 하고 입만 벌리면서 한 시간도 채 못 되어 요양시에 도착했다.

요동 백탑과 고구려 백암성

요녕성 요양시는 역사적으로 여러 민족의 지배를 거친 곳이다. 요양의 명칭 변천만 봐도 역사의 격변을 짐작한다. 중국 진(秦)나라 때는 요동이라 했는데 그 반은 고조선에 속했다. 한나라 때에는 요동군을 설치하고 북서쪽에 평양현을 두었다. 4~5세기 후연(後燕) 때에는 고구려가 지배하면서 요동성이 되었다. 그 후 당의 영토가 되면서 안동도호부라 했다. 8~9세기에는 발해의 남쪽 국경 지역이 되었다가 10세기에는 요나라 때는 동경이라 했다. 뒤를 이은 금나라도 동경이라 했다. 13세기에 몽골족 원나라 때에는 요양현으로 고쳤다. 명이 지배하면서 동녕위로 고쳤다. 1621년 청 태조인 누르하치가 요양을 수도로 삼았다가 1625년 선양(심양)으로 수도를 옮겨 가면서 요양현이 되었다. 이후 러일전쟁 때는 격렬한 전투가 벌어졌고, 일본이 만주국을 세워 지배하다 중화민국이 수립되면서 요양시가 되었다.

연암의 「구요동 견문기」에는 명나라와 청나라가 요양성을 두고 벌인 격전이 자세히 서술되었다. 누르하치가 정복한 요양성을 청 태종 때 태자하 건너로 이전했기에 백탑(白塔)이 있는 이곳을 구요동이라 했다. 당시 요양성은 허물어진 흙벽과 깨진 벽돌 조각 흔적만 있다고 했다. 옛 요양의 역사를 간직하면서 요동벌의 등대로 길잡이 역할

요동 백탑

을 한 백탑의 모습을 연암은 "요동은 왼편으로 바다를 끼고 앞으로는 망망 천 리, 거칠 데 없는 큰 벌에 다다르고 있어, 백탑은 그 넓은 들을 삼분의 일이나 차지하고 앉은 느낌을 준다. 탑 꼭대기에는 쇠북 세 개를 두었고 층계마다 추녀 끝에는 크기가 물통만큼씩이나 되는 풍경을 달아 바람이 불면 풍경 소리가 넓은 요동벌을 울린다."(「요동백탑 견문기」)라고 했다. 백탑은 팔면 13층으로 높이가 칠십 길(71.2미터)이다. 이런 백탑이 요동벌판에 우뚝 서서 풍경을 울렸을 당시를 상상해보면, 그 위상을 짐작하고도 남는다. 백탑은 현재 공원으로 요양시 중심부에 있으나 주변 빌딩에 포위되어, 요동벌의 길잡이 역할을 잃었다. 오히려 도시의 매연과 공해로 인해 백탑은

누런 빛깔로 변했다.

  우리는 『열하일기』 여정에 없는 과외 답사를 위해 백탑에서 비포장도로를 한 시간 정도를 달려 백암성(白巖城)에 도착했다. 백암성은 태자하를 굽어보는 등탑현 서대요향 관둔촌에 있다. 백암성은 백애성, 백석성이라 하고, 중국에서는 연주성이라 한다. 고구려가 지배할 때 대련 비사성에서부터 천리장성의 한 맥을 잇는 성으로, 안시성 및 요동성과 더불어 고구려 서북안 방어 요충지였다. 요동성에서 태자하라는 강을 따라 20킬로미터 정도 올라간 위치에 있다. 당 태종이 644년 고구려를 침입해 왔을 때 백암성 성주인 손대음은 요동성이 함락되었다는 소식을 듣고 겁을 먹고 당나라에 항복했다. 당시 성안에는 1만여 명의 백성과 2,400여 명의 군사들이 있었다. 당나라는 항복하지 않는 안시성을 공격하여 전투를 벌였다. 고구려 역사에서 볼 때 안시성이 당나라를 물리친 고구려의 자랑이라면, 백암성은 당나라에 항복한 굴욕의 현장이다.

  백암성은 고구려 산성의 원형을 가장 잘 보존하고 있다. 대표적인 예가 성벽에 남아 있는 3개의 치(雉)이다. 성벽에 돌출된 치는 몰려오는 적을 양쪽에서 공격하는 데 유리하게 만들었다. 10미터의 치를 받치기 위해 밑 부분에 2~3미터 정도의 굽도리 기단을 계단식으로 쌓아놓았다. 독특한 고구려 산성 축조 방식이다. 성안 내성에는 점장대가 있어 장수들이 전방을 지휘했다. 전방지휘소 아래 남쪽 성벽은 수십 미터의 절벽이고 그 아래는 태자하가 흐른다. 백암성 동쪽도 절벽이어서 적군이 접근하기가 불가능하다.

현재 백암성은 인근 마을 사람들이 성벽 돌을 가져가 건축재로 사용함으로써 점점 훼손되고 있다. 안시성은 터만 남았는데, 백암성도 이렇게 방치하다 보면 나중에는 안시성처럼 될지도 모르겠다. 안타까운 마음이 백암성에 모여 고구려 유산이 오래도록 남아 있도록 해달라고 빌었다. 그러고는 백암성을 비추는 달빛 아래에서 태자하를 향해 소리쳤다. 아, 고구려의 혼이여. 조선 남아의 기개여.

TIP **치(雉)와 굽도리 기단** 치(雉)는 톱니처럼 성 밖으로 돌출된 공간을 말한다. 앞으로 툭 튀어나온 치는 적군의 동태를 감시하거나 성벽을 무너뜨리기 위해 공격해오는 적군을 물리치는 데 유리한 방어시설이다. 백암성에는 55미터와 61미터의 간격을 두고 3개의 치가 나와 있는데, 높이는 9미터에서 10미터 정도이다.

41

굽도리 기단은 맨 아래 바닥에 땅을 파고 기초를 다진 후 큰 돌을 쌓고, 그 위에 작은 돌을 쌓아 무게를 견딜 수 있게 했다. 특히 치를 만들 때는 적군의 공격을 받아도 무너지질 않을 만큼 견고하게끔 큰 돌을 9층 내지 10층까지 쌓은 후에 조금씩 물리면서 쌓는 '퇴물림 방식'을 주로 사용했다. 백암성의 치도 이런 방법으로 쌓았다.

태자하와 혼하, 길

요양시를 끼고 흐르는 태자하(太子河)는 심양에서 빠져나오는 혼하(渾河)와 합류하여 대요하(大遼河)가 된다. 대요하는 발해만으로 흘러 들어간다. 백암성에서 본 태자하와 요동벌을 물들이는 석양은 아름답고 장엄하다. 하지만 그 속에 담긴 역사는 그 노을빛처럼 처연했다. 진시황제를 암살하려고 보낸 형가가 거사에 실패하자, 그 일의 주모자인 연나라 태자 단이 요동으로 도망치다가 태자하에 이르러 쫓아오는 자들에게 잡혀 죽었다는 전설이 애절한 느낌을 자아낸다. 태자하의 노을은 사람의 마음을 붙잡고 놓아주질 않는다. 이런 분위기 때문인지 백암성에서 나오는 비포장도로에서 우리를 실은 차는 구덩이에 빠졌다가 10여 분이 걸려 겨우 빠져나왔다. 초저녁인데 수레에 옥수숫대를 싣고 집으로 돌아오는 농부와 거리 상점이 흙먼지 속에 나타났다 사라진다. 조선 사신들이 요양에 도착하여 묵었다는 영수사와 누르하치가 세웠다는 동경성도 이곳 근처에 있다. 그러나 어둠은 우리를 곧장 심양으로 내몬다.

　요양과 심양의 거리는 약 80킬로미터로 중간에 십리하보가 있다. 조선 사신 일행이 심양에 들어가기 전에 묵던 곳이 십리하보다. 이어 판교보와 사하보, 백탑보라는 지명 간판이 보인다. 연암은 이 길에서 비장과 역관들이 한족 여자나 만주족 여자를 보는 대로 말로써 첩을 삼아 장난과 농지거리를 하면서 먼 길 가는 지루함과 피로를 달랬다고 적었다. 심양으로 가는 이 길은 고구려인들이 말 달리던 곳이요, 청나라 때에 조선인들이 붙잡혀 끌려가던 곳이다. 청 태종이 병자호란을 일으켜 조선을 제압한 이후로 수많은 조선인이 끌려가면서 피눈물을 뿌렸다. 심양으로 가는 길에서 연암이 생각한 것은 무엇이었을까. 그것은 명분 없는 '소화주의(小華主義)'에 매달려, 청의 문명과 국제정세를 외면하고 그들을 오랑캐라 비웃던 당시 조선 지배층의 미망이 아니었을까.

백탑보에서 바라본 심양의 불빛은 요동벌의 길을 부른다. 2차 기행팀은 백탑보에서 좌회전하여 소가툰에 들렀다. 소가툰은 심양에서 조선족이 집단 거주하는 지역이다. 동행한 이상도 형과 친밀한 조선족 리문호 시인을 만나기 위해 들렀다. 리문호 시인은 상해에 있는 딸네 집에 가고 없고 대신 유광순 시인이 리문호 시인의 시집 『자야(子夜)의 골목길』(연변 지용제 문학상 당선작, 2007)을 건네준다.

심양의 혼하는 심수 또는 요수, 소요수이다. 청원만족자치현 곤마령에서 발원하여 무순, 심양, 요중시를 지나 해성시 부근에서 태자하와 합류하여 발해만으로 흘러든다. 연암은 혼하는 장백산(백두산)에서 발원한다고 했다. 혼하를 건너면 심양 외곽에 토성이 있다고 하면서 그 풍광을 다음과 같이 묘사했다.

혼하를 건너 몇 리를 가서 토성이 있다. 그다지 높지 않고 성 밖에는 검은 소 수백 마리가 있는데, 그 빛깔이 아주 새까맣게 옻칠한 듯하다. 또 1백 경(頃)이나 되는 큰 못이 있는데, 붉은 연꽃이 한창이고 그 속에는 거위와 오리 떼가 수없이 떠다닌다. 못가에는 백양(白羊) 천여 마리가 마침 물을 먹다가 사람을 보고 모두 머리를 쳐들고 섰다.

—「성경잡지」 7월 10일에서

지금은 토성 대신 거대한 건물과 아파트가 자리를 차지했다. 요동벌에서 본 소와 양은 심양 음식점에서 샤브샤브로 먹었다. 끓는 물에 익힌 고기와 야채를 건져 먹는 방식이 낯설지만 별미였다. 저녁 아홉 시경 심양 국제무역호텔에 여장을 풀고 하루의 여정을 정리하려고 했으나 잠이 오질 않았다. 소등을 켜고 백주 잔을 홀짝이며 리문호 시인의 시를 읽는다. 그의 시에 나오는 소가툰역에 잠든 거지의 꿈(「소가툰역의 자정」)과 한밤중 도시 골목길의 풍경(「자야의 골목길」)을 떠올린다. 이국땅에서 모국어로 쓴 시인의 비애가 강물처럼 흐른다. "누가 나에게 유산이 뭐냐고 묻는다면/고향 잃고 떠돈 망국노의 비운이라 말하리-//압록강 여울 건널 때 뒤돌아보는/눈시울에 맺힌 눈물이라 말하리-//만주벌 허허벌판 남긴 핏자국/구슬픈 피리소리라 말하리-//가난에 헐벗고 굶주리던/셋방살이의 서러움이라 말하리-//밀림의 귀틀집에서 지핀 모닥불/선렬들의 얼이라고 말하리-//그토록 많은 유산이/나를 울고 부르짖고 반발하게 했거늘/애(愛)와 증(憎), 희(喜)와 비(悲)/세상을 보게 된 한 눈이 되었다고 말하리-//그 유산이 내 시심이 되어/오늘도 불타고 있다고 말하리"(리문호, 「내가 물려받은 유산」).

오늘 밤 혼하에 비친 도시 불빛과 요동벌을 흘러가는 태자하의 물결과 만주벌의 달빛은 모두가 잠 못 들겠다. 나는 잠 못 이루는 것들을 꿈속으로 초대하여 「내가 물려받은 유산」이란 시를 들려준다. 외롭고 쓸쓸하고 높은 것들이 모여야 곡진한 시가 되리라.

심양고궁을 배회하다

성경(盛京)은 현재 심양시로 인구가 800만이 넘는 도시이다. 심양은 한나라 이전부터 여러 북방 민족이 거주했던 곳이다. 고구려가 지배할 때는 계모성을 두었다. 당나라 때는 발해 땅이었다가요 · 금 시대에는 동경로가 설치되었다. 원나라에 와서 심양로가되면서 '심양'이라는 지명이 처음 등장했다. 이후 명나라가 심양위를 두었다. 1625년 청나라가 수도를 심양으로 천도했다. 청 태종은 1634년에 심양을 '성경'이라 했다. 1657년 봉천부를 설치하면서 '봉천(奉天)'으로 고쳤다.

연암은 "심양은 본디 조선 지역이다. 어떤 사람은 한나라가 사군을 둘 때에 낙랑이 다스리던 곳이라고 한다. 원래 위나라, 수나라, 당나라 시대에는 고구려에 속했던 곳이다. 지금은 성경이라고 하는데 봉천부윤이 백성을 다스리고 봉천장군인 부도통은 팔기를 관활하고 있다."(「성경잡지」 7월 10일에서)라고 했다.

1923년 봉천현에서 봉천시로, 1929년에는 만주지역 한족 군벌

심양고궁 앞 패루

인 장학량이 심양시로, 1931년 일본이 지배하면서 만주국을 세우고 다시 봉천으로 고쳤다. 1945년 일본 패망과 더불어 다시 심양이되었다. 중국 한족의 입장에서 보면 '심양'이, 만주족을 비롯한 북방 민족에게는 '봉천'이라는 지명이 더 호의적이다. 심양은 청나라가 탄생한 곳으로 초기 청나라 통치자들의 야망과 꿈이 서려 있다.

2차 기행 3일째 아침, 우리가 먼저 찾은 곳은 조선 사신들이 묵었던 사신관으로 병자호란 때 인질로 끌려왔던 소현세자가 머물렀던 곳이다. 이 건물은 일제강점기 시대에는 만주 철도를 놓은 만철주식회사로 사용되었다. 1993년부터 심양 아동시립도서관으로 바뀌었다. 건물은 청나라 궁궐 모양이다. 이곳에서 도로를 따라가면심양고궁(瀋陽故宮) 정문이 나온다.

심양고궁으로 들어가는 태청문(太淸門) 앞에는 연암이 들렀다는'예속재'와 '가상루' 같은 가게가 줄지어 서 있다. 정문인 태청문 동

대정전

쪽은 문덕방, 서쪽은 무공방이다. 나는 무공방이라는 패루가 있는 거리에서 연암이 이틀 밤을 지새우면서 청나라 상인들과 필담을 나누었던 상점을 찾아 기웃거렸다. 2층 또는 3층 누각의 가게와 현대식 건물은 골동품을 비롯한 온갖 물건들을 잡화처럼 늘어놓았다. 옛 정취는 사라지고 무뚝뚝한 장사꾼들만 와글거렸다. 옛 상점에 대해 묻기도 전에 계산기부터 들이대는 통에 가게를 나와 고궁으로 들어갔다.

1637년에 세운 심양고궁은 만주족의 소박함에다 몽골, 티베트의 양식이 어우러진 독특한 구조다. 고궁은 크게 세 부분으로 분류되는데 정문인 대청문을 들어서면 왼편이 비룡각, 오른편이 상봉각이다. 정면으로는 숭정전, 봉황루 삼청 누각, 청녕궁 등이 일직선으로 위치했다. 연암은 대청문까지 들어왔으나 동쪽 대정전(大政殿)에는 들어가지 못했다. 안쪽은 대정전을 중심으로 동서 양쪽에 각 다섯 채씩 도합 열 채의 건물이 마주 보고 서 있다. 맨 앞의 두 채는 여러 왕이 정사를 의논하던 곳이고 나머지 여덟 채의 건물에는 팔기군의 왕들이 자리했다. 이를 합쳐 시왕정(十王亭)이라 한다. 팔기전에는 황제의 칙서·깃발·각종 무기들이 전시되었다. 수렵 민족 특유의 순발력과 기동성은 팔기군에 의해 극대화되어 청나라가 중원을 차지한 원동력이 되었다.

대정전은 팔각형 정자 형태로 1624년 청 태조 누르하치가 세웠다. 이곳에서 청 태종이 정사를 논했고 3대 순치제가 제위에 올랐다. 역대 청 황제들이 동북 순례 때 여기서 모든 행사를 치렀다. 고궁 서쪽에 있는 문소각(文溯閣) 건물 또한 청나라의 고도의 정치적 책략을 보여주는 건물이다. 건륭제가 반청(反淸)의 움직임을 봉쇄하면서 문화적으로 위상을 드높인 사고전서 편찬 사업은 10년 만에 3,600권의 책으로 완성되었다. 이 책을 보관하기 위해 북경·열하 등 일곱 곳에 장서각을 짓게 했는데 그중 한 곳이 심양고궁 서쪽에 있는 문소각이다. 문소각은 연암이 심양을 다녀간 다음 해인 1781년에 착공하여 1783년에 완공되었다. 이처럼 심양고궁에는 청나라의 초기 통치자들이 그들의 야망을 실현하고자 고투했던 흔적이 살아 숨 쉰다.

심양고궁에서 나는 생각했다. 한족이 장성 안에서 안주하고 있을 때 만주족은 변방까지 세력을 확장했다. 청나라는 중국 역사상 가장 광대한 영토를 통치했다. 적은 숫자로 수억의 인구와 넓은 영토를 경영했던 그들의 통치술은 어디에서 나온 것일까. 그것은 청나라 초기 통치자들이 발휘했던, 이민족을 배제하지 않고 포용했던 정책과 앞선 문명을 받아들인 진취적 기상이었다. 청나라 초기 통치자들은 국제적 감각을 가진, 국가 경영의 CEO이다. 우리가 청나라 역사에서 배워야 한다면 이런 것이 아닐까.

TIP 청(淸, 1616~1912) 왕조 계보

① 태조(누르하치, 1616~1626) - ② 태종(홍타이지, 1626~1643) - ③ 세조(순치, 1643~1661) - ④ 성조(강희제, 1661~1722) - ⑤ 세종(옹정제, 1722~1735) - ⑥ 고종(건륭제, 1735~1795) - ⑦ 인종(가경, 1796~1820) - ⑧ 선종(도광, 1820~1850) - ⑨ 문종(함풍, 1850~1861) - ⑩ 목종(동치, 1861~1874) - ⑪ 덕종(광서, 1874~1908) - ⑫ 선통제(부의, 1908~1912)

● 4대 강희제로부터 6대 건륭제가 다스린 130여 년간이 청나라 국운이 가장 왕성한 시기로 이 기간을 '강건성세(康乾盛世)'라 부른다.

TIP 팔기군(八旗軍) 누르하치가 부락 단위로 8개의 부대를 편성하여 깃발과 지휘자들의 갑옷 색으로 부대를 구분하는 군사조직으로 창설했다. 만주족의 행정과 군대의 기본단위로 나중에는 청나라의 순수한 군사제도로 남게 되었다. 팔기군의 각 기는 일정한 토지를 경작했으며, 수공업에 종사할 노예도 거느렸다.

요녕성 박물관과 요하문명전

심양고궁을 나오니 싸락눈이 내렸다. 북만주 기후는 11월 초인데도 벌써 겨울 날씨다. 눈이 더 오기 전에 서둘러 답사를 마쳐야 하는 빠듯한 일정 때문에 북릉 답사를 생략하고 요녕성 박물관으로 향했다. 요녕성 박물관은 심양시 심하구 시부대로 363호에 있다. 박물관 약사를 보니 원래 봉천 박물관으로 1931년에 지어 1949년에 동북박물관, 1959년에는 요녕성 박물관으로 명칭을 바꿨다. 현재 건물은 1987년에 증축했고, 2004년에 신관을 건립했다. 일제강점기 때 만주 일대를 답사한 소설가 이태준의 수필집『무서록』에 보면 당시 이 박물관 소장품은 총 3,500여 점으로 질로나 양으로나 빈약했다고 했다. 상허 이태준이 보았던 1940년 초로부터 약 70여 년이 지난 현재 유물 총량이 120,000여 점이라고 하니 엄청나게 늘어났다.

요녕성 박물관 1층과 2층에는 고대 화폐와 비지(碑誌, 비석에 새긴 글)와 당·송·원·명·청대의 서예와 그림, 자수와 도자기 등이

고구려 유물 전시

전시되어 있다. 우리는 1층에서 청나라 화폐와 자주 사용했던 은
냥을 카메라에 담고, 2층은 대략 본 후 '요하문명전'이 열리는 3층
으로 올라갔다. 3층 다섯 개 전시실에는 구석기시대부터 이어져 온
중국 소수민족의 문화 유물들이 있다. 요하지역 일대에서 발굴된
'요하문명'을 대표하는 것들이다. 제1전시실에는 주로 구석기와 신
석기 유물이 있는데 요하지역에서 출토된 옥기 등이다. 고조선을
비롯한 한국 고대사 연구와 관련되어있는 유물도 있다. 제2전시실
에는 중국 상·주(商周) 시대부터 중원 왕조에 속해 있던 소수민족
들의 유물이 전시되어 있다. 주로 청동기 시대 유물이다. 제3전시
실은 진·한(秦漢) 시대에 관련된 북방의 유물들로 거기에는 부여·
고구려·발해의 유물도 있다. 벽에는 지도가 있는데 발해와 고구려

를 중국의 속국으로 그려놓았다. 발해는 독립국가가 아닌 발해도독부로, 고구려는 평양과 지금의 함경도 원산 아래 강원도까지 중국 영토로 표시되어 있다. 고구려관을 따로 설치하여 환인오녀산성의 사진과 고구려 유물과 벽화·지도 등을 넣어놓았다. 제4전시실은 거란 왕조의 유물이 전시돼 있는데 주로 무덤 벽화가 중심이다. 이 또한, 거란 왕조가 세운 요나라도 중국 왕조의 하나라는 것을 말하기 위함이다. 제5전시실에는 청나라 만주족의 유물이 있다.

　약 한 시간 넘게 전시실을 보고 나왔지만, 마음이 찝찝하고 어두웠다. 그것은 2007년 상고사토론회에서 요하문명의 실체를 밝힌 우실하 교수의 「요하문명론과 한국상고사」라는 논문이 생각나서였다. 우 교수에 의하면, 1980년대 이후 장성 밖 요하지역에는 중국 문명의 시초라고 자랑하던 황하 유역의 앙소문화나 양자강 하류의 하모도 문화보다 훨씬 앞서고 발달된 홍산문화를 비롯한 신석기문화가 속속 발굴되었다. 이에 충격을 받은 중국 정부는 황하문명보다 연대가 앞서면서 더 발달된 요하문명을 중화문명의 발상지 하나로 재정립했다. 이것은 중국이 '현재 중화인민공화국 영토 안에 있는 모든 민족의 역사는 중화인민공화국의 역사'라는 통일적다민족국가론을 바탕으로 '대중화주의(大中華主義)'를 건설하기 위한 정책에 기초했다. 중국이 주장하는 요하문명론에 따른다면 우리 민족의 시조인 단군·웅녀·주몽·해모수 등도 중국 황제의 후예이며, 중국의 방계 역사로 전락하게 된다. 이 작업의 한 부분으로서 중국 정부는 동북공정을 진행하여 요하문명을 중화문명에 넣었다. 그러나 우 교수에 의하면 요서와 요동을 포함 만주지역은 중원과는 전

압록강을 건너

54

혀 다른 문명권이다. 요하문명은 내몽골과 만주, 한반도로 이어지는 북방문화 계통이다. 단적인 예로, 이 지역에서 발굴되거나 출토된 빗살무늬나 고인돌·비파형동검·다뉴세문경 등은 중국의 중원문화권에는 보이지 않는 유물들이다. 이것은 요하문명을 이룩한 선조들이 중원을 주도한 세력과는 전혀 다른 집단임을 말해준다.

요녕성 박물관 3층 전시실에 모여 있는 요하문명전은 요하 일대에서 발원한 모든 민족은 중국 황제의 후손이며, 그들의 역사는 중화민족의 역사라는 사실을 강조한다. 그럼으로써 요하문명은 이집트나 수메르 문명보다 오래된 '세계 최고(最古)의 문명'이며, 중국자기네 역사임을 주장한다. 우리가 동북공정에 대해서도 제대로 대처하지 못하고 있을 때 중국은 자기 영토 내 모든 소수민족의 역사를 중국사에 종속시키는, 우실하 교수가 말한 '동북공정 너머 요하문명론'을 국가적 전략으로 진행했다.

박물관에서 시간제로 근무하는 요녕대학 대학생도 발해는 당연히 중국 변방 국가이며, 고구려도 자기의 역사로 인식하고 있다. 요하문명론을 거론하는 나를 오히려 이상한 눈으로 쳐다본다. 뒤통수를 얻어맞은 기분으로 차를 타러 나오니 요녕성 박물관 현대식 건물이 눈을 맞으며 차갑게 서 있다.

눈발은 점점 거세어진다. 눈이 많이 오고 쌓여서 차량을 통제한다고 황 가이드가 말한다. 조선 사신들이 영안교를 거쳐 거류하를 건너 신민시로 갔던 국도는 통제되었다. 그렇다면 경심고속도로(북경-심양)로 빠져나가야 했다. 다행히도 출입을 통제하지 않아 재빨리 차를 고속도로 위에 올렸다. 요동벌판이 온통 하얗다.

제2부

심양에서 산해관으로

눈 내리는 요하벌판에서

2차 기행 3일째 오전 11시, 심양시 톨게이트를 통과한 차는 눈 위를 미끄러지듯이 나아갔다. 약 30분 정도를 달렸을 때 북경과 심양을 잇는 경심고속도로는 사고 차량으로 정체되었다. 기사가 미니버스를 도로변 쪽으로 옮기니, 뒤따라오던 차가 우리 차량이 빠져나간 곳에 세우려다 앞차와 충돌했다. 만약 우리 차가 그곳에 그대로 있었으면 사고로 인해 일정은 차질이 날 뻔했다. 나는 놀란 가슴을 쓸어내리면서 츠위타라는 시골 마을 고속도로에서 무람없이 기다려야 했다. 부서진 차와 부상자와 사망한 사람이 도로 위에 나뒹굴었다. 짐을 잔뜩 실은 화물차, 관광버스와 승용차 등 차량 사이를 오고 가면서 뭐라 지껄이는 중국인들은 서두르는 일이 없다. 공안(경찰)이나 사고처리반이 올 때까지 기다리면서 무연히 자기 할 일만 한다. 심지어 주검을 곁에 두고 산책하듯이 걸어 다니면서 어린애처럼 사진을 찍고 눈 오는 풍광을 즐긴다. 죽음과 삶이 한순간의 풍경이다. 눈은 울음 우는 아이처럼 멈추었다가 쏟아지고, 쏟아지다가 멈추기를 반복한다. 요하벌판이 온통 하얀 눈으로 덮이고 차량과 사람들이 그 속에 갇혔다. 삶과 죽음 모두가 막막하다. 막연히 있을 수가 없어 나는 지도와 자료를 뒤적이면서 연암의 행적을 더듬는다.

1780년 7월 12일, 연암은 G304번 국도를 따라 영안교를 거쳐 고가자로 간다. 이날 연암은 말 위에서 졸다가 낙타 떼를 보지 못했다. 다음 날 새벽 고가자를 지나 거류하를 건넌다. 이어 신민시에서 전당포 주인에게 국수집에서 애용하는 '기상새설(欺霜賽雪, 서리를 속이고 눈과 다툴 만큼 희다)'이라는 글자를 써주고 호기를 부리다가 낭패를 당한다. 그리고 신민시를 지나 백기보 가는 길에서 한족 사람에게 참외 값을 사기당한다.

만주벌판은 요하를 중심으로 요동과 요서로 나뉜다. 조선 사신이 지난 거류하는 요하 상류이다. 거류하는 구려하, 구류하, 주류하라고 한다. 당 태종은 고구려 정복에 실패하고 귀환하던 도중 발착수를 지나다 진흙 수렁에 수레와 말이 빠져 곤경을 치렀다. 연암은 발착수를 지금의 반랍문(당시 일판문)과 이도정 사이의 거리라고 보았다. 당시 발착수 부근 길은 진흙탕이어서 사람의 통행과 물자 수송이 힘들었다. 이에 청나라 강희제는 요동과 요서를 잇는 200여 리 요하벌판에다 나무로 다리 길을 놓았다. 거리는 심양 근교 영안교로부터 고가포(현재 신점)까지였다. 연암은 다리의 바르고 정밀한 솜씨와 모양에 찬탄을 금할 수 없었다고 기록했다. 그러면서 그는 다리 주변에 끝없이 펼쳐진 진흙 벌판을 개간하면 수천 석의 곡식을 거둘 수 있었을 텐데 왜 강희제는 이 땅을 버려두었을까?라는 의문을 가진다. 강희제 자신이 농가에서 태어났고 농업을 장려하는 『경직도』와 『농경전서』도 편찬하기도 했다. 거기에다 이곳은 만주족의 고향이 아닌가. 이 같은 의문에 대한 답을 연암은 강희제의 뛰어난 치세(治世)에서 나온 것으로 설명한다.

> 저 관 밖의 땅은 실로 자기네들이 일어난 고장이라, 벼가 기름지고 향기로우며 이밥이 차져서 백성이 혀에 감기도록 늘 먹여 버릇 들인다면, 힘줄이 풀리고 뼈가 연해져서 용맹을 쓸 수 없게 될 것이라. 차라리 수수떡과 산벼 밥을 먹게 하여, 그들로 하여금 주림을 잘 참고 혈기를 돋우어 구복(口腹)의 사치를 잊어버리게 하는 것만 같지 못하다 함일 것이다. 비록 천 리의 기름진 땅을 버릴지언정 그들로 하여금 메마른 땅에 정의를 위해서 사는 백성이 되게 함이니, 이게 그의 더욱 깊은 생각일 것이다.
>
> ─「성경잡지」 7월 13일에서

연암이 말한 요지는, "백성이 배불러 나태하게 되는 것보다 배고픔을 이겨내는 정신을 기르게 하려는 것이 강희제의 치세술이다. 강희제가 열하의 피서산장 편액에 남긴 '담박(淡泊)'이란 글씨에도 그의 치세 철학이 담겼다. '담박'이란 편안하고 고요하여 욕심이 적다는 뜻이다. 강희제가 지향한 '담박'의 치세술이 청나라를 부국강병으로 만들었다."이다.

눈은 우리에게 정신의 나태함을 경계하라는 듯 '담박, 담박' 내린다. 요하벌판은 온통 설국이다. 약 네 시간이 지나서야 앞 차량이 움직인다. 우리 차도 엉금엉금 기면서 갔다. 한 시간 정도를 가니 눈발이 사그라지고 맨 도로가 제모습을 드러냈다. 우리는 북진시를 가려고 요승 인터체인지에서 빠져나왔다. 오늘 일정은 폭설에다 교통사고로 차질이 생겨 예정지인 금주시까지 가지 못하고 의무려산 가까이 있는 북진시에 묵기로 했다. 가는 도중 거짓말처럼 눈이 그쳤다. 같은 요하벌판인데도 이렇게 다르다. 만주벌판이 광활하다는 것을 오늘에야 비로소 실감했다. 북진시에 도착하니 별이 하늘에 가득했다.

TIP 강희제(1654~1722) 청나라 제4대 황제로 묘호는 성조. 중국 역사상 가장 위대한 군주로 평가받는다. 7세에 제위에 올라 61년간 (1661~1722) 중국을 다스렸다. 러시아의 일부 지역과 외몽골을 합병시켰고, 티베트까지 영토를 확장했다. 대외무역을 장려했으며, 서구의 교육과 예술은 물론 학문, 천주교 등을 적극적으로 받아들였다. 학문을 중시한 강희제는 『강희자전』 『고금도서집성』 『전당시』 『전당문』 등 수천여 권의 책을 편찬했다.

의무려산에 남긴 선인들의 발자취

북진에서 우리가 묵은 호텔은 3성급으로 시 외곽에 있었다. 저녁 식사를 마치자마자 이 형(兄)은 답사를 나가자고 재촉한다. 그는 위구르족이 쓰는 모자를 머리에 얹고 현관 로비에서 우리를 불렀다. 의무려산(醫巫閭山)과 북진시의 명소를 홍보하고 있는 건물이 호텔 옆에 있단다. 그곳에는 의무려산의 사계절과 북진묘, 이성량 패루 등의 사진을 전시해놓았다. 그중에서도 의무려산의 복숭아꽃 핀 풍경이 눈을 찌른다. 우리는 호텔 홍보전시실에서 의무려산과 북진묘와 북진시에 대한 사전 답사를 했다.

다음 날 아침 6시 만주벌판에 떠오르는 해를 카메라에 담고, 재빠르게 의무려산을 향해 달려갔다.

의무려산 입구는 좌우 대칭의 조형물이 있다. 조형물 하단 앞뒤로 순임금이 의무려산을 봉하는 장면, 굴원이 시를 읊는 모습, 청황제가 승경을 유람하는 풍경과 사냥하는 모습 등을 새겼다. 이 조형물을 통과하면 향불을 피워 산신에게 예를 올리는 비각이 있다.

의무려산 입구의 건륭제 친필

입구에는 건륭제의 친필로 쓴 '의무려산'이란 글자가 세로로 벽에 새겨져 있다. 그 글자를 본 우리는 환호하면서 카메라 셔터를 연방 눌렀다. 연암이 청나라 건륭황제 칠순에 갔기에 그 이름을 반긴 것이다. 이곳에서 우리의 구호인 '껄륭, 껄륭'이 탄생했다. 이후 '건륭'이란 글자만 보이면 우리는 미친 듯이 '껄륭, 껄륭'을 외쳤다. 산문 입구에서 올려다보니 망루처럼 성벽을 두른 바위산과 암자와 정자도 보였다. 산을 조금 올라가니 기묘한 봉우리와 바위들이 햇살을 받아 빛난다.

의무려산은 중국 12대 명산 가운데 하나이자 장백산(백두산), 천산과 더불어 동북지역 3대 명산이다. 의무려산은 산봉우리만 50여 개이며, 산맥 한 줄기 길이는 약 45킬로미터이다. 최고 높은 망해봉은 해발 867미터이다. 중국 황실에서는 3,000년 전 주나라부터 이곳에서 하늘에 제사를 지냈다. 의무려산은 수천 년을 내려오는 불교와 도교의 도량지다. 고구려 광개토왕비에 나오는 '부산(富山)'이 의무려산이다. 다음 광개토대왕비문 기록이 그 사실을 말해준다.

영락 5년(395), 을미년 왕께서 비려가 붙잡아간 사람들을 귀환시키지 않자 친히 군대를 거느리고 가서 토벌했다. 부산(富山)과

부산(負山)을 지나 염수 언덕에 이르러 세 개의 부락 육칠백 영
(營)을 쳐부수고 소, 말, 양 떼들을 얻은 것이 헤아릴 수 없이 많
았다.

의무려산은 고구려를 비롯한 동북아 여러 민족이 발자취를 남긴
곳이다. 이름조차도 의(醫)와 무(巫)로 '치료하다'와 '무당'의 합성어
이며, 만주어로는 '크다'이다. 이 말의 뜻을 합치면 '세상에서 상처
받은 영혼을 크게 치료하는 산'이 된다. 이름부터 사람의 마음을 당
긴다.

조선 사신 일행은 의무려산에 대해 감동의 화법을 쏟아내었다.
의무려산에 대해 글을 남긴 대표적인 예로, 1617년 처음으로 이 산
을 오르고 「의무려산기」란 기행문을 남긴 이정구, 1713년 의무려산
에 올라 일박하면서 『노가재 연행기』란 책을 남긴 김창업, 1766년
이곳을 답방하고 새로운 세계관을 제시하고자 했던 홍대용 등이 있
다. 특히 홍대용은 지동설과 중력설 등을 주장한 과학자로 연암의
절친한 친구였다. 그는 『의산문답』에서 의산(의무려산)을 새로운 세
계의 탄생지로 여길 만큼 중요한 사상적 공간으로 설정했다. 의무
려산은 홍대용에 의해 조선 지식인들 사이에서 담론의 장소로 거론
되었다.

연암의 경우 의무려산에 대한 직접적인 언급은 없다. 그는 "순
임금이 열두 산을 봉하면서 의무려산을 유주의 진산으로 삼았으니,
하·상·주·진나라를 내려오면서 이 전통에 따라서 이름 높은 산
천은 일정한 예절을 차려 대하게 되었다."(「북진묘 견문기」에서)라고

의무려산

역사적 사실만을 짧게 언급했다. 연암은 홍대용과는 달리 관념이나 사상보다는 일상생활에서 우러나온 이용후생에 더 관심을 기울인다. 그 예를 보여주는 것이 연암의 '장관론'이다. 연암은 '호곡장론'에 이어 장관론에 대한 명강의를 북진(광녕)에서 펼쳤다. 그의 강의 현장을 보기 전에 우리는 의무려산 아래에 있는 북진묘를 먼저 찾았다.

TIP **건륭제(1711~1799)** 청나라 제6대 황제로 묘호는 고종. 중국 역사상 가장 오랜 치세를 했으며(재위 1735~1796), 신강(新彊) 위구르 지역은 물론 대만까지 차지함으로써 중국 역사상 가장 넓은 영토를 통치했다. 학자이면서 예술가적인 재능을 가진 건륭제는 중국 고대 문화 전적을 총망라한 『사고전서』를 편찬함으로써 치적을 이루었다.

TIP 『**의산문답**』 '허자와 실옹'이란 인물이 의무려산에서 세상사와 학문에 대한 문답을 벌이는, 철학적 내용과 소설적 형식을 띤 글이다. 이 책에 나오는 '실옹'은 실학을 대변하는 인물로 중국 중심의 중화주의를 부정하면서 변화와 개혁을 부정하는 당시 조선지배 계층을 비판하고 있다.

의무려산에 남긴 선인들의 발자취

북진묘

　　북진묘(北鎭廟)는 의무려산 아래 벌판에 있는데 풍수지리학적으로 절묘한 곳에 자리했다. 마치 제사 지낼 때 제단에서 향불을 피우는 위치에 있는 모양새다. 병풍은 의무려산이다. 북진묘는 중국 역대 제왕이 의무려산 신에게 제사 지내는 사당으로 중국 5곳의 진산묘 중 현재 유일하게 남았다. 중국에서는 영토를 확정하고 민심을 달래기 위해 사묘체제(조정에서 제사 지내는 의식)를 거행했다. 장소로 오악(五嶽, 다섯 곳의 산) · 오진(五鎭, 다섯 곳의 진) · 사해(四海, 네 곳의 바다) · 사독(四瀆, 네 개의 큰 강)을 설정하고 봉작(직위)을 내렸다. 북진묘는 오진 중 북방에 있다. 제사는 주로 새로운 황제가 등극한다든지 전란, 재난이 있거나 황제의 순방 때 행해졌다. 현재의 북진묘는 명나라 초기에 동북정책을 강화하기 위해서 건립되었다. 청나라 때는 만주족 발상지인 심양 순례 때마다 이곳에 들러 참배했다. 북진묘 정전 앞 비림(碑林, 비석을 모아 놓은 곳)에 건륭제를 비롯한 청 황제의 글이 많은 것도 이런 이유 때문이다. 강희제의 아들 옹정제

심양에서 산해관으로

북진묘 패루

가 왕자로 있을 때 이곳에 와 제사를 지내고 자다가 구슬을 얻는 꿈
을 꾸고 나서 곧 천자가 되었다는 이야기가 전한다.

북진묘 입구 돌계단 위에는 패루가 서 있다. 패루의 지붕과 하단
석은 옛 그대로지만 사각기둥과 조각을 새긴 벽면은 대리석으로 새
로 세웠다. 패루 좌우 돌사자상 네 개는 인간의 감정인 기쁨(喜), 성
냄(怒), 슬픔(哀), 즐거움(樂)을 나타낸다. 패루를 지나면 세 개의 묘
당 정문으로 벽면에는 큰 글씨로 '북진묘(北鎭廟)'라 쓰여 있다. 정문
좌우는 붉은 담장이다. 연암이 "북진묘 앞에는 문이 다섯 개인 패루
가 서 있는데 순전히 돌로만 시렁을 올려 기둥, 서까래, 기와, 추녀
모두 나무 하나 쓰지 않았다. 높이가 네다섯 길이고 돌을 연결하고
세운 공법과 새기고 조각한 기교가 도저히 사람의 힘으로 만든 것
같지 않으며, 패루 좌우에는 높이가 두 길쯤 되는 돌사자가 있다.

사당의 문부터 흰색의 돌로 층계를 만들었고, 문 왼쪽엔 절이 있다.”(「북진묘기」에서)라고 말한 그대로다.

중앙문이 잠겨 있어 한담하고 있는 노인들에게 관람 여부를 물어보니 동쪽 협문을 가리킨다. 관람료를 내니 매표소 안에 있던 30대의 젊은 여성 둘이 우리를 안내한다. 그런데 그 안내라는 것이 전각문의 자물쇠나 열어주는 정도다. 묘사(廟祠) 안에는 대전, 어향전, 내향전, 갱의전, 침전 등 다섯 개 동의 건물이 있다. 연암이 말한 파밭 이랑처럼 총총 늘어섰다는 비석은 정전 앞뜰에 있다. 대부분이 강희제와 건륭 황제가 지은 시를 새긴 비석이다. 모두 56기가 있는데 건륭제가 조선인을 언급한 시 「성수분(聖水盆)」도 있다.

정전과 향전 등에는 도교와 관련된 산신이나 비석 따위를 모아놓았다. 실내는 온통 먼지투성이고 유물들을 아무렇게나 던져놓았다. 명·청 시대에는 북진묘가 황제의 위엄을 나타내고 민심을 위무하는 국가적인 참배의 성소였지만, 지금은 중국인도 발길이 뜸한 장소로 변했다. 그럼에도 우리가 정전에 있는 북진 산신 조상 앞에 절하고 시주한 것은 점점 퇴락해가는 북진묘에 대한 걱정 때문이 아니었다. 중국 속국으로서 온갖 고난과 수모를 당하면서 나라를 위하여 한중 외교와 문화 교류를 일구어낸 옛 선인들에 대한 경배의 표시였다.

서편 전각문으로 나오니 뜰에는 명나라 장학인이 쓴 ‘보천석(補天石)’과 ‘취운병(翠雲屛)’이란 글씨가 새겨진 바위가 보인다. 연암은 ‘치병석(治病石)’이란 글자가 있었다고 했다. 이 바위에는 다른 시문(詩文)이 있었는지 떼어낸 자리가 사각형으로 뚫렸다. 바위 아랫부분에는 한 사람 정도가 기어 빠져나가는 구멍이 있다. 연암이 말한 '치병석'이다. 중국 민간에서 이곳을 지나가면 병이 낫는다 하여 많은 사람이 이곳을 지나면서 무병장수를 기원한다고 한다.

장관론

북진은 구광녕과 신광녕을 합쳐 광녕이라 했다가 북녕시로 불렸다. 현재는 북진시로 명칭이 바뀌었다. 북진에 와서 연암은 비로소 청나라 문물에 대한 자신의 속내인 '장관론(壯觀論)'을 펼친다. 장관론 강의는 우선 사람을 지위와 지식수준에 따라 일류(상류)·이류(중류)·삼류(하류)의 세 분류로 나누고, 그들이 주장하는 논리에 반박을 가하는 형식이다. 논제는 '무엇이 중국의 제일 장관인가'이다.

첫 번째 발표자는 자칭 일류 인사의 주장으로 조선 사회의 상류계층의식을 대변하는 목소리이다. 내용 요점은, "청나라는 한마디로 말하자면 아무것도 볼 만한 것이 없다. 한번 머리를 깎고 보면 갈 데 없는 오랑캐다. 오랑캐는 개돼지나 다를 바 없을 바엔 개돼지에게 무슨 볼 만한 것을 찾을 것인가?"라고 주장한다. 이 화법은 청을 오랑캐로 인식하면서 명과의 의리를 앞세우는 한족 위주의 중화 중심주의적 사고다.

두 번째 발표자는 이류 인사(중류층)로 중국은 오랑캐 세상이 되었지만, 역대 왕조의 궁실과 제도, 인민은 그대로 남아 변함이 없다는 것을 전제로 청의 문화는 한족 것을 모방했음으로 볼 것이 없다는 논리이다. 오히려 청나라는 과거 화려한 중화주의 문화를 말살하고 있으므로 이를 회복하기 위해서는 만주족을 몰아낸 뒤에야 비로소 장관을 말할 수 있다고 주장한다. 당시 조선 사회의 '북벌론'을 강화하고 있는 부류들이다. 이 논리는 중화를 높이고 오랑캐를 물리치기 위한 책인『춘추』에 근거하고 있다고 연암은 꼬집는다. 즉 "우리나라 사대부들 중 중화를 높이고 오랑캐를 물리치려는『춘추』의 절의를 간직한 이들이 우뚝 서서 100년을 하루같이 그 뜻을 이어왔으니 실로 대단한 일이라 할 수 있겠다."라며 반어적 어조로 이 주장을 비판한다.

마지막 세 번째 발표는 삼류 인사(하류층)로 자처하는 연암 자신의 '장관론'이다.

나와 같은 사람은 하류의 선비이지마는 이제 한마디 한다면, "이제 그들의 장관은 기와 조각에 있고, 또 똥 부스러기에도 있다."라고 하련다. 대개 저 깨어진 기와 조각은 천하에 버리는 물건이지만, 민간에서 담을 쌓을 때 담 높이가 어깨에 솟을 경우, 다시 이를 둘씩 또 둘씩 포개어서 물결무늬를 만든다든지, 혹은 넷을 모아서 둥근 고리처럼 만든다든지, 또는 넷을 등 지워서 옛 동전의 형상을 만들면 그 구멍 난 곳이 영롱하고 안팎이 어리고 비쳐서 저절로 좋은 무늬가 이루어진다. 이는 곧 깨어진 기와 쪽을 버리지 아니하여 천하의 무늬가 이에 있다 할 수 있을 것이다.

또 집마다 뜰 앞에 벽돌을 깔지 못한다면 여러 빛깔의 유리기와 조각과 시냇가의 둥근 조약돌을 주워다가 꽃, 나무와 새, 짐승의 모양으로 땅에 깔아서 비 올 때 진수렁이 됨을 막으니, 이는 곧 부서진 자갈돌을 버리지 아니하여 천하의 도화(圖畵, 그림)가 이에 있다고 할 수 있을 것이다. 똥은 지극히 더러운 물건이지만 이를 밭에 내기 위해서는 황금처럼 아껴 길에 내다 버린 자가 없고, 말똥을 줍는 분회(똥과 재)가 삼태기를 들고 말 뒤를 따라다닌다.

이를 주워 모으되 네모반듯하게 쌓고, 혹은 여덟 모로 혹은 여섯 모로 하고 또는 누각이나 돈대(봉수대)의 모양으로 만드니, 이는 곧 똥 무더기를 보아서 모든 규모가 벌써 세워졌음을 짐작할 수 있겠다. 그러므로 나는 이렇게 말하겠다.

저 기와 조각이나 똥 무더기가 모두 장관이니, 하필 이 성지(城地) · 궁실(宮室) · 누대(樓臺, 누각) · 시포(市舖, 점포) · 사관(寺觀, 사찰) · 목축이라든지, 또는 저 광막한 벌판이라든지, 변환하는 연수(煙樹, 안개나 연기에 둘러싸인 환상적인 풍광)라든지, 그런 것들만이 장관이 아닐 것이다.

—「일신수필」 7월 15일에서

사람의 일상생활이 가장 장관이었다는 주장은 시대 변화를 알지 못하는 당시 조선 상류와 중류층에 대한 비판이며, 현실을 수용하지 못한 채 북벌론에 갇혀 있는 지배층의 사고를 뛰어넘는 화법이다. 연암은 "오랑캐라 부르는 오늘의 청조는 무엇이든지 중국의 이익이 될 만하고 그것으로 오래 누릴 수 있는 줄 알기만 할 때는 억지로 빼앗아 와서라도 이를 지켜냈고, 만약 본래부터 있던 좋은 제

북진 이성량 패루

도가 백성에게 이롭고 국가에 유용할 때는 비록 그 법이 오랑캐로
부터 나왔다 치더라도 주저 없이 이것을 그대로 이용하고 있다."라
고 말한다. 연암은 청나라의 앞선 문명을 인정하고 받아들여, '이용
후생론'의 정책을 펼치는 것이 장관이라고 주장한다. 이것은 평민
의 일상생활에서 나온 실용정신과 상업을 중시하는 서민의 의식을
대변하는 논리이다. 연암의 장관론은 '북학파'의 핵심 내용을 담고
있다.

　북진시 광녕성 북문 앞에는 이성량 패루가 있다. 패루 벽면에는
용과 학을 비롯한 여러 문양을 새겼다. 패루는 기둥 두 개 층에 지
붕을 얹어 3층 형태이다. 지붕 아래 가운데 벽면에는 '천조고태(天
朝誥泰)'라는 글씨를 새겼다. 이성량은 당시 명나라 요동지역 실권

자로서 그의 할아버지 때 중국에 들어온 조선 사람이다. 그의 아들은 임진왜란 때 조선을 돕기 위해 명나라 군사를 이끌고 온 이여송이다. 이성량은 명나라로 귀화한 조선인의 후예로 청나라 태조 누르하치를 살려준 인물이다. 패루는 이성량이 오랑캐를 정벌한 공을 기념하기 위해 세웠다. 이런 이유로 조선 사신들은 이성량 패루를 중시했다.

이성량 패루 앞은 북진시의 중심가로 우리나라의 재래시장처럼 자동차와 물건을 사고파는 사람들로 북적댄다. 그중에서도 유별난 것은 교통 운반수단이 여러 형태로 운행되고 있다는 점이다. 차와 자전거, 오토바이들을 실용적으로 개조한 것들이 많았다. 리어카에 짐과 사람을 싣고 가는 자전거 택시, 짐칸을 싣고 다니는 오토바이 택시, 나귀가 끌고 다니는 수레, 경운기 모양으로 생긴 삼륜구동 택시와 화물차 등등 다양했다. 민초들의 자각에서 나온, 현실 생활에 바탕을 둔 실용주의가 연암이 말한 장관론이라면, 이런 장관은 북진 시장과 거리에서 넘쳐난다.

대릉하를 건너

북진시를 출발하여 여양 마을을 거쳐 십삼산(十三山)이라 부르는 석산을 지나 대릉하(大陵河)까지 약 한 시간 정도 걸린다. 1780년 7월 16일, 조선 사신 일행은 여양 마을 장날 구경을 하고 돌산 열세 개 봉우리가 있는 십삼산에 묵었다. 돌이 유명한지 도로변에는 석재상 점포들이 늘어서 있다. 차량도 가로수를 따라 일직선으로 줄을 지어 간다.

대릉하는 능해시 입구에 있다. 옛 다리 옆에 다리를 새로 만들었다. 대릉하교 앞에 차를 세운 우리는 다리를 건너갔다. 11월 초인데도 강에는 살얼음이 얼었다. 강변은 모래흙으로 경작지였다. 그러나 대릉하는 여름 우기가 되면 큰 소리로 울부짖는 전쟁터로 변한다. 과거에 대릉하를 건너 능해-금주-송산-행산-영원-산해관으로 이어지는 요서주랑(遼西走廊)은 피비린내 나는 전쟁터였다. 이런 까닭으로 조선 사신들은 이곳을 지나면서 대릉하의 강물 소리를 귀신의 울음에 비유했다. 요동지역을 두고 각축을 벌였던 한족과 비

한족 간의 격전은 이곳의 승패에 따라 운명이 갈라졌다. 특히 대릉하는 중원과 만주벌을 오가는 중요한 길목이기에 많은 전쟁이 벌어졌다. 한족의 한·수·당·송·명나라가 이 길을 통하여 세력을 넓혔다. 중원을 공략하고자 했던 요나라도 요를 멸망시킨 금나라도 대릉하를 건너 산해관으로 가고자 했다. 이곳에서 가장 격렬한 전투를 벌인 것은 명·청의 전쟁이었다.

청 태종(홍타이지)은 아버지 태조(누르하치)가 영원성 전투에서 패하여 죽자 1627년 병자호란을 도발하여 조선을 누른 후, 1640년부터 이곳을 점령하고자 대대적인 전투를 벌인다. 그 결과 대릉하성을 지키던 명나라 장수 조대수가 항복하고, 이어 송산과 행산 전투에서 명나라 13만 대군을 궤멸시켰다. 이 전쟁을 두고 연암은 "아아, 이곳이 곧 옛날 숭정 경진·신사 연간(1640~41)에 피 흘린 한 마당이다. 이제 벌써 백여 년이 지났건만 아직도 소생하는 기색이 뵈지 않으니, 그 당시 용과 범들의 싸움이 격렬했음을 짐작할 수 있겠다."라고 했다.

전쟁 결과를 두고서도, "아아, 슬프다! 이것이 이른바 송산·행산의 싸움이다. 각라(覺羅, 누르하치를 말함)가 관외(關外) 이자성(李自成)이요, 이자성은 관내(關內)의 각라였으니, 명이 비록 망하지 아니한들 할 수 있을 것인가. 그때에 13만의 많은 군사로 각라의 수천 명에게 포위되어 잠시 동안에 마치 마른 나무가 꺾이듯이, 썩은 새끼 끊기듯이 되고……"(「일신수필」 7월 18일에서)라 했다. 이 전투에는 청의 강권에 의해 조선 군대도 참전했다. 조선 군대는 조총부대로 화기병이었다.

연암은 화기병 이사룡에 관해서도 추모 글을 남겼다.

　　조선 군사 중에 이사룡은 성주 사람으로서 홀로 차마 총에
탄환을 재지 못하고 무릇 세 번을 쏘아도 아무도 상하지 않았
던 바 이는 본국의 심정을 밝히려 함인데 청인이 이것을 깨닫
고 드디어 사룡을 베어 조리를 돌렸다. 조대수의 군사는 이것
을 바라보고 모두 크게 울었고, 대수는 이에 깃발 위에 큰 글
씨로 '조선 의사(義士) 이사룡'이라 써서 시영(조선의 장수 이시
영을 말함)의 군사를 선동하였다. 지금 성주 옥천가에 충렬사가
있으니, 곧 이사룡을 제사 지내는 곳이다. 진실로 황제로 하여
금 사룡의 이름을 듣게 했다면 특별히 시호를 주는 것이 합당
할 것이다. 나는 송산을 지나면서 글을 지어 사룡의 혼을 조상
하였다.

　　　　　　　　　　　　　　　　　　　　　　—「동란섭필」에서

　　대릉하를 건너 능해시를 지나 10분 정도 가면 소릉하의 흘러가
는 모습이 비단 무늬 같다고 해서 이름이 붙여진 금주시에 도착한
다. 우리는 금주시 북경식당에서 점심을 먹었는데 해산물을 각자
골라서 요리를 주문하는 곳이었다. 오랜만에 생선찜과 새우, 조개
등의 음식을 먹으니 바다 가까이 와 있다는 사실이 실감 났다. 금주
는 역사적으로 오랜 도시지만 현대화로 옛 모습이 많이 사라졌다.
금주성만 보더라도 금주시 고분구 사거리에 성벽 일부분만 남아 있
을 뿐이다. 금주의 옛 모습은 박물관과 백탑에서 찾아보아야 한다.
금주 박물관에는 고조선과 관련 있는 비파형 동검이 있다. 이 유물

은 금주의 대릉하가 고조선 발생지이며, 초기 고조선이 대릉하 부근에 있었다는 설을 뒷받침한다.

영원성의 풍경

금주시 외곽 경심(북경-심양)고속도로와 금조(금주-조양)고속도로
가 만나는 인터체인지 부근에 명·청의 전투가 치열했던 송산 마을
이 있다. 이 송산 마을에서 방향을 바꾸어 경심고속도로를 타고 산
해관 쪽으로 차로 10분 정도 달리면, 연암이 공금 분실 사건으로 인
해 조선 사신을 원수 보듯이 했다는 고교보이다. 고교보에서 탑산
까지는 일직선 도로이다. 탑산을 지나면 연산관(호로도시 연산구)에
도착한다. 연산관에서 바다의 얼굴이 나타났다 사라지는 풍광을 눈
으로 찍으면서 우리는 영원성(寧遠城)을 답사하기 위해 흥성시 출입
구로 들어갔다.

흥성시는 금주시에서 차로 한 시간, 산해관 진황도시까지 역시
한 시간 정도 걸리는 곳이다. 흥성시는 금주시와 산해관 중간 위치
에 있다. 흥성시에 있는 영원성은 섬서성의 서안성, 산서성의 평요
성, 형주성과 더불어 중국 옛 성의 원형이 잘 보존되어 있다.

중국 4대 고성(古城) 가운데 영원성이 완벽한 형태로 복원되었

영원성 내부

다. 영원성은 중국의 일반적인 성 형태로 동서남북의 네 개의 문과
문루가 있는 정방형이다. 원래는 옹성이 있었으나, 차량통행이 늘
어나면서 옹벽을 없애고 길을 내었다. 성 문루와 성안의 건물과 거
리 등은 옛 모습 그대로다. 성 가운데 문루를 중심으로 사방 문으로
뻗은 거리와 건물은 명나라 때 풍경이다. 조대락과 조대수의 패루
는 성안 남문 거리에 있다. 요동지역의 명문 군벌 집안인 조씨 집안
도 명 · 청 교체기에 운을 다하고 영원성에 패루만 남겼다. 조대락
은 금주 · 송산 싸움에서 청나라에 패하고, 조대수는 대릉하성을 지
키다 항복한다. 이를 두고 연암은 "오늘 조씨네 집 패루들은 으리으
리하게 번쩍이고 있지마는 농서 집안의 명성은 말이 아니고 공연히
후인들의 웃음거리밖에 못 되고 있으니 이것이 무슨 소용이 있을

심양에서 산해관으로

것인가?"(『일신수필』)라고 했다. 조씨 형제의 몰락은 명나라의 명운과 같이했다. 명나라 멸망의 결정적 원인은 영원성의 영웅인 원숭환을 명나라 조정에서 죽임으로써 비롯되었다.

한 나라가 망할 무렵에는 무능하고 부패한 지도자와 지배층이 득세한다. 이런 상황에서 어떻게 처신하고 행동하느냐에 따라 충신과 간신, 의리와 변절자, 무력한 자와 신념에 투철한 자 등의 역사적 판단이 내려진다. 원숭환은 망해가는 명나라를 위해 헌신하다 죽은 인물이다. 마침 우리를 안내한 가이드 황금호 씨는 중국 역사 문화를 전공했다. 원숭환의 활약상을 재미있게 들려주었다.

1625년 원숭환은 후금의 누르하치 군대를 방어하려고 영원성을 대대적으로 정비했다. 다음 해에 누르하치가 영원성을 공격했다. 이때 누르하치는 한족 포로를 보내어 원숭환에게 항복을 요구했다. 당시 후금의 군대는 16만 명이었고, 영원성의 명나라 군대는 2만 명이었다. 막강한 철기군과 전차로 무장된 누르하치 군대는 명나라와 전투에서 패해본 적이 없었다. 한마디로 말하면 명나라로선 승산이 없는 전투였다. 그런데도 원숭환은 조대수, 만계 등의 부하 장수와 혈서를 써서 성을 사수하기로 맹세했다. 1626년 1월 23일과 24일 이틀 동안 밤낮으로 전투를 벌였다. 만주족이 자랑하는 철기군의 돌격과 방패로 무장된 경보군이 밀물처럼 영원성을 몰려왔다. 그러자 원숭환이 이끄는 명 군사들은 홍이포라는 무기로 포격을 가했고, 사방으로 피가 튀었다. 요행히도 포탄을 피해 성벽을 오르면 성 위에서 쏟아지는 화살을 피하지 못해 죽은 자와 사상자가 수두

영원성 패루

룩했다. 누르하치 군대는 포탄을 피하려고 참호를 파려고 했으나
겨울이어서 언 땅을 파낼 수가 없었다. 거기에다 누르하치마저 홍
이탄을 맞아 부상을 입게 되자 패하여 심양으로 철군한다. 이 전투
에서 얻은 부상으로 누르하치는 죽게 된다. 이것이 영원성의 전투
이다. 이 전투를 중국인들은 '영원성 대첩'이라 부른다. 그러나 원
숭환은 명 조정에서 그를 시기, 모함하는 반대파와 청 태종의 이간
책에 의해 1630년 참혹한 형벌을 당해 죽는다. 이후 명나라는 영원
성을 빼앗기고 산해관을 지키던 오삼계마저 청에 항복함으로써 망
하게 된다.

영원성에는 현재 원숭환을 기억하는 흔적은 아무 곳에도 없고

오직 조대수, 조대락의 패루만 있다. 아니, 딱 한 곳에 남아 있다. 영원성 서문 안내판에 명말청초에 금나라가 침입할 때 원숭환, 조대수, 만계, 주매, 좌보, 하가령, 오삼계 등이 작전을 지휘했던 곳이라고 쓰여 있다.

TIP **농서(隴西)** 농서는 현재 감숙성 지방인데, 중국 고대 은나라 왕실이 있던 지역으로 왕족들의 성이 조씨이다. 그러므로 조대락과 조대수는 은나라 왕실의 후손이라는 뜻이다.

TIP **원숭환(袁崇煥, 1584~1630)** 명나라 말기의 명장. 자는 원소(元素). 1626년 누르하치의 후금군을 격퇴했다(영원성 전투). 이듬해 1627년 영원성과 금주성에서 홍타이지를 격퇴했다. 뛰어난 전략으로 제갈량에 비견되었으나 명 왕조 내부의 알력 다툼과 모함으로 1630년 능지형으로 처형되었다. 그의 죽음을 명나라 멸망 원인 중 하나로 꼽는다.

TIP **오삼계(吳三桂, 1612~1678)** 명말청초의 무장. 산해관을 지키다 이자성의 난에 만주족을 끌어들여 청나라를 세우는 데 협력했다. 그러나 청에 대한 반란을 일으켜 중국 남서부지방에서 자신의 나라를 세우려다 강희제에 의해 진압되었다. 이 사건을 '삼번(三藩)의 난'이라 한다.

만주벌판의 일출과 일몰

금주시에서 연산관을 거쳐 산해관까지 이르는 요서주랑은 발해만을 끼고 달린다. 조선 사신 일행은 이 길을 지나면서 해돋이 구경을 했는데, 영원성과 동관역 사이의 일출을 으뜸으로 꼽았다. 특히 영원성에서 7리 거리에 있는 청돈대는 일출의 명소로 조선 사신들이 자주 들르던 곳이었다. 이곳 바다에는 국화라는 아가씨가 나쁜 용을 물리쳤다는 전설이 깃든 국화도가 있다.

연암은 청돈대를 지날 때 해돋이를 구경하자는 일행의 권유를 사양한다. 대신 그는 자신의 '일출론'을 피력한다. "대개, 해 뜰 하늘에 구름 한 점도 없으면 잘 구경할 수 있을 것 같지만 실상은 이처럼 무의미한 것이 없다. 이는 다만 빨간 구리 쟁반 한 덩이가 바다 속에서 나올 뿐 아무런 가관이 없는 것이다."라고 하면서 '해'는 임금의 기상으로 구름과 함께 어울려 떠오를 때가 장관이라 설파한다. 그렇다고 "구름이 너무 많으면 도리어 가물가물하고 가려져서 또한 볼 것이 없다."라고 말한다. 이어 연암은 "대체로 해가 돋을 때는 천변만화를 일으켜 구경하는 사람마다 저마다 본 것이 다르다. 그리고 바닷가에 나서야만 꼭 해 뜨는 구경을 할 수 있는 것도 아니다. 나는 요동벌에서 매일같이 해돋이 구경을 하였지만, 하늘이 맑고 구름 한 점 없는 날은 해 바퀴가 그리 크지 못하고 열흘 동안인데도 날마다 크기는 달랐다."(「일신수필」 7월 20일에서)라고 했다.

이런 설명을 하면서 연암은 자신의 시 「총석정(叢石亭)에서 해돋이를 보며」을 끌어온다. 여기서는 일부분을 인용한다.

하늘이 만물 낼 제 누가 참석해서 봤나	天造草昧誰叅看
미친 듯이 고함치며 등불 켜고 보련다	大叫發狂欲點燈
창날 같은 혜성 꼬리 불살을 드리운 듯	攙搶擁彗火垂角
나무 위에 부엉이는 그 울음이 얄미워라	禿樹啼鶹尤可憎
잠깐 바다 위에 작은 멍울 생긴 듯이	斯須水面若小癤
용의 발톱 그릇 닿아 독이 나서 아픈 듯이	誤觸龍爪毒可疼
그 빛깔 점점 커져 만 리를 뻗치누나	其色漸大通萬里
물결 위 붉은 무늬 꿩 가슴 모습일레	波上邃暈如雉膺
아득한 이 천지가 이제야 경계 생겨	天地茫茫始有界
붉은빛 선 하나가 나누어 두 층 되네	以朱畵一爲二層
어둠 세계 깨어나서 온누리가 물든 듯이	梅澁新醒大染局
만상에 빛이 스며 비단 무늬 이루었네	千純濕色縠與綾
산호수 찍어 내니 검은 숯을 구웠는가	作炭誰伐珊瑚樹
동녘에 빛 오르자 찌는 듯 뜨거워라	繼以扶桑益熾蒸

해가 떠오르기 전 바다의 모습을 용의 발톱에 생긴 붉은 생채기에, 물결은 붉은 무늬 꿩 가슴에 비유했다. 이어 햇빛에 드러나는

새벽하늘과 붉게 물든 바다의 대비가 번쩍거리는 비단 무늬에 비유되면서 시각화되었다가 뜨겁다는 촉각적 이미지로 전환된다. 이 시는 연암의 장기인 관찰과 상상력을 결합하고 재구성하여 펼쳐 보였다. 연암의 시를 읽고 내가 본 만주벌판의 일출과 일몰을 옮겼다. 생각이 밝아졌다가 어두워졌다가를 반복했다.

　내가 북진에서 본 해돋이는 구름과 함께 아스라한 벌판 지평선에서 솟아올랐다. 그 모습을 주워 담느라고 눈과 가슴은 벌겋게 달아올랐고, 카메라는 수도 없이 눈을 깜박거리며 찰깍거렸다. 만주벌판에서 솟아오른 해가 시간의 걸음을 따라 빛을 뿌리자 저녁이 와서 거두어가기 시작한다. 그러자 남은 온기를 받아먹는 가로수가 노을을 따라온다. 빛 속에서 차량과 사람, 산과 바다, 자연을 살아가는 생명이 함께 움직인다. 해가 풍경의 흔적을 켜켜이 쌓아갈 때 나도 빛의 걸음을 따라 달려왔다. 바삐 움직인 하루 일정인데도 해가 먼저와 길에다 노을을 그려놓는다. 만주벌판의 풍광이 눈 깜짝할 사이에 일몰이 된다. 산해관 가는 길 위에서 보는 일몰은 해의 발걸음이 느린 듯하면서 빠르고, 하루의 시간이 긴 듯하면서도 짧다는 것을 알려준다. 그러나 이것도 나의 생각일 뿐 만주벌판의 오랜 주인인 해는 나뭇가지와 들판에다 자신의 얼굴을 감춘다. 일몰이 산해관을 물들인다. 일몰이 아름답게 느껴지는 것은 해를 밤에게 물려주면서 다시 어둠 속에서 일출을 마련해주기 때문이다. 그러므로 일출과 일몰은 한 몸이면서 서로 다른 얼굴이다. 그것은 시작이 끝이고, 끝이 시작인 생명의 걸음이다. 아니, 시작도 끝도 없는 우주의 걸음이다.

만주벌판의 시작과 끝의 경계에 산해관이 놓여 있다. 일몰 속에
묻힌 산해관을 지나니 진황도시 불빛이 해돋이처럼 우리를 맞이한
다.

진황도와 산해관

진황도(秦皇島)의 가이드는 앳된 조선족 여성이었다. 그녀의 설명 중 산해관(山海關)이나 맹강녀에 대해서는 어느 정도 알았지만, 진황도에 관한 것은 내가 모르는 사실이 많았다. 그녀의 설명에 따라 진황도의 내력을 요약했다.

진황도 하면 진황도시를 말한다. 이 도시는 행정적으로는 해항(바다 항구)·북대하·산해관의 3구와 노룡현과 창려현 등 4현을 포함한다. 하북성 동쪽 끝인 진황도의 북쪽은 연산, 남쪽은 발해만이다. 진황도 항구는 부동항으로 중국 동북과 하북 지방의 중요한 무역항이고, 북대하 해변은 100여 년 전부터 개발되어 서양인과 중국 권력층이 많이 거주한다.

북대하는 고죽국이 있던 곳이다. 백이와 숙제는 이곳 공자(公子)이다. 그들은 은나라를 멸망시킨 주나라 무왕에게 그 불충함을 말했다. 나중에 이들은 노룡현의 수양산으로 들어가 죽는다. 창려현(昌黎縣)은 당나라 문인 한유의 선조가 살았던 곳으로 그의 호를 따

산해관

서 지었다. 진황도란 지명은 진시황이 기원전 215년 이곳에 순행을
왔다 하여 붙여진 이름이다. 진시황이 이곳 '갈석(碣石)'에서 불사약
을 구하러 떠나는 동남동녀를 보냈다. 기원전 216년 서불이 불로초
를 구하려 다니다가 일본으로 귀화하자 진시황은 신선이 오게끔 이
곳에다 궁정을 지었다는 말이 전해진다. 진시황 이후 한 무제 · 당
태종 등이 이곳을 다녀갔다. 삼국시대 위나라 조조가 207년 요서
의 오환족을 정벌하고 돌아오는 길에 쓴 「관창해(觀滄海)」의 한 구절
인 "동으로 갈석에 이르러 푸른 바다를 바라보노라"도 이곳을 말한
다. 조조의 행적을 떠올리며 모택동은 1954년 「낭도사(浪淘沙)」라는
시를 지었다. 현재 북대하 응각정이란 정자 앞 흰 돌에 금빛 글씨로
모택동의 이 시를 새겼다. "연(燕) 땅엔 큰비가 쏟아지고 흰 파도는
하늘까지 넘실거리네/진황도 바깥 고깃배는 아득한 바다에 보이지
않네/어디로 가는지 아는가/천년도 지난 아득한 옛일/위 무제(조조)

천하제일관(天下第一關)

는 채찍을 휘둘러 동으로 갈석에 와 시를 남겼는데/소슬한 가을바람은 지금도 같으나/사람은 바뀌었네." 이후 진황도시는 해항구가 무역으로, 북대하구가 휴양지로, 산해관은 관광 명소로 알려졌다.

진황도에서 산해관까지는 10여 킬로미터로 차로는 20분 정도 걸린다. 산해관은 관문이 아니라 거대한 성곽이다. 성벽의 높이는 14미터, 두께는 7미터, 둘레는 4킬로미터이다. 주성인 관성을 둘러싸고 있는 여섯 개의 성채와 이들을 연결하는 장성으로 이루어졌다. 관성의 동서남북 네 개의 성과 관문 바깥에 있는 위원성과 바다 쪽엔 '노룡두'가 있는 영해성이 그것이다. 이 중 관성에서 제일 중요한 문이 산해관이어서, 이 지역 전체를 '산해관'이라 부른다. 출입문으로 들어가니 옹성의 성벽이 사방으로 둘러싸 있다. 출입문을 통과하니 내성의 문루에 '천하제일관(天下第一關)'이란 편액의 글자 하나가 가로 1.6미터, 세로 1.1미터로 문짝만 하여 멀리서도 뚜렷하다. 1472년 명나라 소헌이라는 사람의 글씨다.

성 누각으로 오르는 길은 말 다섯 필이 동시에 지날 만큼 넓다. 동문은 겹문으로 외문이 산해관이고, 내문이 천하제일관이다. 관성 안의 집은 당시 이곳을 지키던 군사들과 그 가족이 거주하던 건물로 옛 모습 그대로 복원했다. 지금도 그 후손이 거주하며 산해관을 보호하고 관리한다. 성루에는 2층의 전루(활 쏘는 다락)와 전창(활 쏘는 구멍)이 있다. 성루에는 당시 사용했던 뭉떵한 모양을 한 대포가 놓였다. 주변을 살펴보니 전쟁에서 적이 쳐들어오면 옹성의 그물에 가두어 단번에 제압할 태세를 갖추었다. 글자 그대로 철옹성 요새다. 성 위에서 북쪽을 보니 각산의 줄기를 타고 만리장성이 이어졌다. 남쪽을 보니 발해만 쪽으로 흘러가는 만리장성이 보인다. 연암이 남긴 "만리장성을 보지 않고는 중국이 얼마나 큰 줄 모를 것이요, 산해관을 보지 않고는 중국의 제도를 모를 것이요, 산해관 밖의 장대를 보지 않고는 장수의 위엄이 얼마나 장한지를 모를 것이다."(「장대 견문기」에서)라는 기록이 결코 과장된 수사가 아님을 오늘에야 실감했다.

산해관과 노룡두

　과거 중국은 만리장성의 나라다. 중국의 역대 왕조는 대대로 만리장성을 쌓아 그들의 영토를 보호하면서 한편으로 확장했다. 만리장성의 서쪽 끝에 가욕관이 있고, 동쪽 끝에 산해관이 있다. 산해관이 축조된 것은 명나라 때부터이다. 당시 수도는 남경이었는데, 명 태조는 몽골족인 원나라의 남은 세력과 만주족을 비롯한 동북 이민족을 막기 위해 방어시설을 쌓을 것을 명했다. 이때 북쪽의 군사시설과 작전을 총지휘했던 인물이 서달(徐達)이었다. 서달은 1381년 태조의 명을 받아 원래 관문이었던 유관을 동쪽으로 40리 정도 옮겨 산해관을 축조하였다. 연암은 명나라 홍무 17년(1384)에 쌓았다고 기록했다. 산해관을 기준으로 한족과 변방 민족이 다스리는 구역을 가른다. 즉 산해관 안쪽은 관내(關內)라 하고, 바깥쪽은 관외(關外)로 구분했다. 그러니까 연암의 『열하일기』 「관내정사」편은 산해관 안쪽의 문화와 풍습 등을 기록했다는 뜻이다. 그러나 청나라가 지배하면서 산해관의 군사적인 기능은 줄어들고, 외교 사신이나 상업적인 통로 역할이 증대되었다. 그 후 산해관은 1900년 청나라 말 의화단 사건으로 서양 8개 나라 연합국의 침략으로 파괴되었다가 1986년 등소평의 주창으로 보수·개축하여 중국의 주요 문화재이 자 관광지가 되었다.

산해관에서 남쪽으로 10리쯤 가면 바닷가에 영해성이 있다. 용 발톱 모양을 한 나무들을 따라 올라가면 옛 중국 수군들이 탔던 함 선, 거주지와 참호, 무기와 군사시설을 전시한 공간이 있다. 이곳 에서 언덕길을 따라 올라가면 건륭제가 쓴 '징해루(澄海樓)'라는 편 액이 붙은 2층의 누각이 보인다. 위층에는 명나라 손승종의 글씨인 '웅금만리(雄襟萬里)'란 편액이 걸렸다. 기둥의 주련에도 "日耀月華 從太始(일요월화종태시), 天容海色本澄淸(천용해색본징청)"이란 건륭 제의 글씨가 남아 있다. 뜻은 "해와 달은 태초부터 빛나고, 하늘과 바다의 모습은 본래 맑도다."이다. 벽과 비석에도 강희제와 건륭제 의 시가 있다.

징해루에서 20여 미터 정도에 '노룡두(老龍頭)'가 있는데 노룡두 는 만리장성 줄기가 용의 머리 같다 하여 붙인 이름이다. 만리장성 이 용의 등줄기라면 이곳은 용머리인 셈이다. 노룡두 해변을 따라 가다 보면 해변 모래톱에는 세 채의 누각과 한 개의 정자로 구성된 해신묘가 있다. 해신묘는 입구에는 남신, 바다 가까운 안쪽 천후궁 에는 여신을 모신 신전이다. 중국 황제들이 찾아와 제사를 지냈다. 입구 쪽 해변 건륭제의 비석이 그것을 말해준다.

관광지로 변해버린 산해관 기행을 마치고 나오면서 나는 거대하 고 웅장한 성벽이 주는 의미가 무엇일까를 생각했다. 그 대답을 연

해신묘

암의 다음 말에서 찾아냈다.

> 몽염(진나라 장군)이 장성을 쌓아서 되놈을 막으려 하였건만 진을 망칠 호(胡)는 오히려 집안에서 자라났으며, 서중산(서달 장군)도 이 관을 쌓아 오랑캐를 막고자 하였으나 오삼계는 관문을 열어 적군을 맞아들이기에 급급하였다. 그리하여 천하가 일이 없는 지금, 부질없이 지나는 상인과 나그네들의 비웃음을 사게만 되었으니, 난들 이 관에 대하여 다시 뭐라고 말할 것이 있으리오.
>
> ─「산해관기」에서

산해관을 보고 난 후의 소회를 말한 이 대목에서 연암은 나라를 부국강병으로 이끄는 것은 산해관 같은 성벽과 무장한 무력보다는 내부의 모순과 분열을 없애고 민생과 민심의 성벽을 튼튼히 하는 게 더 중요하다는 것을 역설했다. 진나라를 망친 것은 외부의 오랑캐가 아니라 진나라 자신이었듯이 명나라가 망한 것 또한 명나라 자신들 때문이었다. 지배층이 민생과 민심을 외면하고 자신들의 사리사욕만 채우고 기득권만을 유지하려고 할 때 내부로부터 썩기 시작하고 결국은 망한다. 민심이 분열되고 권력이 부패하면, 산해관처럼 아무리 높고 튼튼한 성벽도 나라를 지켜줄 수 없다는 사실을 알려준다.

맹강녀묘

산해관에서 동쪽으로 6킬로미터를 가면 야트막한 언덕에 맹강녀
묘(孟姜女廟)가 있다. 가이드의 말에 의하면 맹강녀 전설은 중국에
서 양산백(梁山伯)과 축영대(祝英台)·백사전(白蛇傳)·견우직녀(牽牛
織女) 등과 더불어 4대 설화로 꼽힐 만큼 유명하단다.

연암은 맹강녀 설화를 두고, "강녀의 성은 허씨요, 이름은 맹강
인데 섬서 동관에 사는 사람이다. 범칠량(范七郞)에게 시집을 갔더
니 진의 장군 몽염이 장성을 쌓을 때, 범량이 그 일에 역사하다가
육라산 밑에 죽어 그 아내 맹강에게 현몽되었다. 그리하여, 맹강이
손수 옷을 지어 혼자서 천 리를 가서 그 지아비의 생사를 탐지하다
가 이곳에서 쉬면서 장성을 바라보고 울어서 돌로 화하였다 한다.
혹은 이르기를, 맹강이 그 지아비의 죽음을 듣고 홀로 가서 그 뼈
를 거두어 업고 바다에 들어간 지 며칠 만에 돌 하나가 바다 가운데
솟아서 조수가 밀려들어도 잠기지도 않았다."(「강녀묘 견문기」)라고
하면서 이야기가 황당했다고 했다. 연암이 말한 범칠량은 중국에서

맹강녀 상

는 범기량(范杞梁)으로 표기되었다.

맹강녀 설화에서 '열(烈)'이 부각되면서 송나라 이전부터 강녀묘가 조성되었다. 명·청 시대를 거치면서 강녀묘는 참배 장소로 바뀌었다. 유교를 숭상하는 조선 사회의 지도이념인 '충(忠)', '효(孝)'와 더불어 '열(烈)'은 중요한 가치 덕목이었다. 이 같은 이유로 조선 사신 일행은 이곳에 들러 맹강녀 정절을 기렸다.

강녀묘 입구에는 그녀의 설화를 전시관으로 꾸며, 이야기에 따라 실(室)을 만들어놓았다. 전시관 앞에 맹강녀 상이 있고, 전시실에 맹강녀 설화를 순서대로 나열했다. 설화의 구성은 이렇다.

맹강녀 부모는 예쁜 딸아이 맹강녀를 낳는다. 맹강녀가 자라 범기량을 만나고, 범기량이 청혼을 하여 혼사를 치른다. 행복한 날을 보내는 맹강녀 부부의 생활에 악어로 상징되는 우환이 닥쳐 범기량이 만리장성 노역으로 끌려간다. 남편이 돌아오지 않자 맹강녀가 손수 남편의 옷을 만들어 시부모께 하직하고 만리장성으로 떠난다. 남편의 소식을 수소문하던 맹강녀는 남편의 죽음을 알고 통곡한다. 이어 만리장성이 무너진다. 이 사실을 안 진시황이 그녀를 부른다 (이 부분부터는 동굴로 된 전시관 벽에 그림을 그려놓았다). 죽이려고 했던 진시황이 그녀의 미모에 반해 그녀를 첩으로 삼으려 한다. 이에 맹강녀는 세 가지 요구를 한다. 첫째는 남편의 유골을 좋은 곳에 묻어주는 것, 둘째는 황제와 문무백관들이 남편을 위해 제사를 지내는 것, 셋째는 남편의 무덤까지 다리를 만들어주는 것이다. 진시황이 그 청을 들어주자 맹강녀가 바위 위에 올라가 바다에 몸을 던져 죽고 말았다(동굴 전시실에는 이 부분까지 전시됨). 맹강녀가 바다에 몸을 던져 죽은 후에 돌무덤 하나가 솟아올랐다. 사람들이 그녀를 기려 망부석 곁에 사당을 지었다.

맹강녀 설화는 후대에 와서 많은 이야기가 덧붙여진다. 그 예로 진시황과 관련된 이야기다. 산해관 만리장성은 진나라 진시황 시대에 쌓은 것이 아니라, 명나라 시대에 축조했다. 한편 우리나라 망부석 설화와 비교해도 다른 점이 있다. 우리나라의 대표적 망부석 설화인, 울산 치술령에 나오는 박제상 부인처럼 남편을 기다리다 돌이 된 것이 아니라, 맹강녀가 바다에 빠져 죽은 후 바위가 솟아 망부석이 되었다는 점이다. 이런 차이에도 불구하고 맹강녀 설화는 유교의 이념인 '정절'의 상징으로 떠받쳐졌고, 다른 한편으로 지배권력에 혹사당하는 민중들의 고달픔과 억울함을 하소연하는 분출구로써 사람의 입에 오르내렸다.

맹강녀 사당은 '망부석(望夫石)'이란 글씨가 새겨진 바위 곁에 있

맹강녀묘 망부석

다. 설화의 내용과는 달리 사당 앞은 매립지로 바다와는 멀리 떨어
졌다. 사당 안에는 좌우에 시녀를 거느린 맹강녀 상이 있고, 편액
에는 '만고유방(萬古流芳)'이란 글씨가 걸렸다. 그 뜻은 '꽃다운 향기
영원히 흐른다.'이다. 사당문 좌우 기둥 주련에는 글자를 기묘하게
중첩한 구절, "海水朝朝朝朝朝朝落(해수조조조조조조조락), 浮雲長
長長長長長長消(부운장장장장장장장소)"란 글귀가 있어 우리의 호기
심을 자아낸다. 쉬운 한자로 된 구절인데 도대체 무슨 뜻일까. 우리
말로 옮긴다면 어떻게 될까. 궁리 끝에 "파도는 철썩철썩 부서지고,
뜬구름은 길이길이 흐르다 사라지네."라고 옮겨놓고 맹강녀묘를 떠
났다.

제3부

북경 가는 길

노룡현의 이제묘

산해관에서 노룡현으로 가는 길에는 화물차, 버스, 나귀가 끄는 수레, 자전거, 오토바이 등이 뒤섞여 먼지를 날렸다. 우리가 탄 미니버스는 덜컹거리기를 쉴 새 없이 하면서 노룡현에 닿았다. 산해관에서 2시간이 걸렸다.

노룡현 수양산의 이제묘(夷齊廟)는 조선 사신들이 들러 백이와 숙제의 충절을 기리던 곳이다. 백이·숙제는 고죽국의 왕자들로 주나라 무왕이 상나라를 치는 것을 반대하다 뜻을 이루지 못하자 수양산에 들어가 고사리로 연명하다가 죽었다. 공자(孔子)가 그들을 칭송함으로써 이름이 드러났고, 사마천이 『사기열전』 첫 번째 장에 기록함으로써 충절의 대명사가 되었다. 그들의 행적이 조선의 통치 이념이자 덕목인 충절과 일치함으로써 조선 사대부들에게는 추앙의 대상이 되었다. 그래서 수양산의 이제묘는 조선 사신에게 참배의 성소가 되었다. 성삼문의 시조 「수양산을 바라보며 이제를 한하노라」는 이런 사정을 잘 보여준다.

수양산(首陽山) 바라보며 이제(夷齊)를 한(恨)하노라.

주려 죽을진들 채미(採薇, 고사리를 캐어 먹음)도 하난건가.

비록애 푸새엣(절로 나는 풀) 것인들 긔 뉘 따헤(땅에) 났다니.

　성삼문을 비롯한 조선 사신과 지배계층에게 수양산 이제묘는 충절이라는 이념의 동질성을 확인하는 공간이었다. 그래서 이곳에서 제사를 지내고 고사리를 먹는 의식을 치렀다. 연암 또한 이곳에 들러 이제묘를 참배했다. 그러나 그는 수양산과 이제묘에 대한 사실성 여부를 따지면서 의문을 가진다. 연암은 중국에서 수양산은 다섯 곳이나 있다고 하면서, "『맹자』에는, '백이가 주왕(紂王, 은나라 마지막 왕)을 피하여 북해(北海)가에 살았다.' 하였고, 우리나라 해주(海州)에도 수양산이 있어서 백이·숙제를 제사 지내나, 이는 중국 사람들이 알지 못하는 일이다. 나는 이렇게 생각한다. '기자가 동으로 조선에 온 것은 주(周)의 판도 안에 살기를 싫어함이요, 백이도 차마 주의 곡식을 먹을 수 없음인즉, 혹은 그가 기자를 따라와서 기자는 평양에 도읍하고 백이·숙제는 해주에 살지나 않았는가.' 우리나라에 항간에서 전하는 말에 '대련·소련은 해주 사람이다.' 하였으니, 이를 무엇으로 고증할 수 있을까."('이제묘기'에서)라고 했다.

　백이와 숙제가 수양산이 있는 조선의 해주(황해도)에서 숨어 살다 죽었으리라는 추정은 객관성이 떨어진다. 마찬가지로 노룡현에 있는 이제묘도 사실성에서 의심되는 부분이 많다. 실제로 연암도 이제묘가 "명나라 홍무(洪武) 초년(1368) 영평성 동북쪽 언덕에 옮겼다가, 약 팔십 년 후 경태(景泰) 연간(1450~1456)에 이곳으로 옮겼다."

이제고리(夷齊故里) 표지석(왼쪽)과 청절묘(淸節廟) 표지석

라고 했다.

그렇다면 현재의 이제묘는 어디에 있는가. 현지인에게 물어봐도 이제묘가 어디에 있는지를 몰랐다. 노룡현 간수소(감옥소) 근처에 있다는 생각이 들어, 간수소 위치를 물으니 그때야 이제묘 가는 길을 가르쳐준다. 노룡현 간수소는 노룡현의 외곽 도로를 따라 30분 정도를 가면 보이는 야트막한 언덕에 있고, 그 아래에 이제묘가 있다. '이제고리(夷齊故里)'와 '청절묘(淸節廟)'란 표지석이 없었다면 알아볼 수 없는 곳, 잡초와 쓰레기더미 속에 백이와 숙제의 충절이 놓였다. 연암이 말한 고죽성과 사당, 절벽 위의 청풍루, 맑고 푸른 물과 모래는 보이지 않았다. 수양산도 혼란스럽기는 마찬가지였다. 선행 기행의 기록을 보면 수양산은 노룡현에서 10킬로미터 정도 떨어진 북영촌에 있다고 했다. 몇 년 전에는 그곳에서 철을 캐어내었고, 석재를 파내느라 산은 파괴되었다고 했다. 연암은 "수양산은 난하 물가 작은 언덕에 있다고 했고 이 산 북쪽에 조그마한 성이 고죽성이라 한다."(「이제묘기」에서)라고 했으니 그렇게 큰 산은 아니

없을 것이다.

　수양산에 대한 사실 여부를 떠나서 충절의 표상인 이제묘도 이제는 노룡현 감옥소의 야산에 버려졌다. 이런데도 별다른 느낌이 일지 않았다. 단지 떠오르는 의문은 왜 사마천은 백이와 숙제의 행적을 말하면서 『사기열전』에 '하늘의 도란 도대체 옳은 것인가, 그른 것인가!'란 질문을 던진 것일까. 그러나 이런 생각마저도 도로를 달리는 차량의 뿌연 먼지에 가려졌다.

TIP　**대련(大連), 소련(小連)은 해주 사람** 『소학』에 대련과 소련은 오랑캐로 부모의 상(喪)을 잘 치렀다는 공자의 말을 근거로 두 사람은 조선에서 살았으리라고 여긴다는 의미다.

「노상봉취우기」*

　이제묘에서 먼저 떠나서 야계타에 거의 다 도착할 무렵에 날씨가 찌는 듯하고 한 점 바람기도 없더니, 노(盧, 노 참봉)·정(鄭, 정 진사)·주(周, 주명신)·변(卞, 변계함)의 여러 사람과 앞서거니 뒤서거니 이야기하며 가는데, 손등에 갑자기 한 종지 찬물이 떨어지며 마음과 등골이 함께 선듯하기에 사방을 둘러보았으나 아무도 물을 끼얹는 이는 없었다.

　다시 주먹 같은 물방울이 떨어지며 창대의 모자챙을 쳐서 그 소리가 탕 하고, 또 노 군(노 참봉)의 갓 위에도 떨어졌다. 그제야 모두 머리를 들고 하늘을 쳐다보니, 해 옆에 바둑돌만 한 작은 구름장이 나타나고 은은히 맷돌 가는 소리가 나더니, 삽시간에 사면 지평선에 각기 자그마한 구름이 일되 마치 까마귀 머리 같고 그 빛은 유난히 독해 보인다. 해 곁에 검은 구름이 이미 해

---

*　노상봉취우기(路上逢驟雨記) : 허세욱 교수의 『續열하일기』 중에서 따옴. '길에서 소낙비를 만나'라는 뜻.

둘레의 반쯤을 가렸고, 한 줄기 흰 번갯불이 버드나무 위에 번쩍하더니 이내 해는 구름 속에 가리고 그 속에서 천둥 치는 소리가 마치 바둑판을 밀어치는 듯 명주실을 찢는 듯하다. 수많은 버들이 다 어둠침침하여 잎마다 번갯불이 번쩍인다.

여럿이 일제히 채찍을 날려 길을 재촉하나 등 뒤에서 수많은 수레가 다투어 달리고, 산이 미친 듯 뒤집히는 듯, 성낸 나무가 부르짖는 듯하여 하인들은 손발이 떨리어, 급히 우장을 꺼내려 하나 얼른 부대끈이 풀리지 않는다. 비 · 바람 · 천둥 · 번개가 가로 휘몰아쳐 지척을 분별할 수 없을 지경이다. 말은 모두 사시나무 떨 듯하고 사람은 심장이 벌렁벌렁하여 할 수 없이 말머리를 모아서 삥 둘러섰는데 하인들은 모두 얼굴을 말갈기 밑에 가리고 섰다.

가끔 번갯불이 비치는 데를 보니, 노 군이 새파랗게 질리어 두 눈을 질끈 감고 숨이 넘어갈 것 같다. 조금 뒤에 비바람이 좀 멎자 서로 바라보니 낯이 모두 흙빛이었다. 그제야 비로소 양편에 있는 집들이 보이는 데 불과 40~50보밖에 안 되는 곳에 두고서도 비가 쏟아질 때는 여기로 피할 줄 알지 못하였다. 여러 사람들은,

"조금만 더했더라면 거의 숨 막혀 죽을 뻔했군." 한다. 점방(상점)으로 들어가서 잠깐 쉬려니 하늘이 맑게 개고 바람과 햇빛이 산뜻하였다."

—「관내정사」 7월 26일에서

연암이 산해관 내에 들어서면서 감탄한 산천과 집과 거리의 풍광은 지금 와서 보니 초라하기 짝이 없다. 석재를 캔 흔적이 곳곳에 남아 있는 산과 먼지를 뒤집어쓴 채 도로변에 늘어서 있는 벽돌 건

물은 당시의 번화한 풍경이 아니라 도시의 티를 내고자 하는 시골 동네의 모습이다. 그렇지만 이 구간에서 연암은 예술과 문학의 담론을 펼쳤다. 특히 무령에서 풍윤으로 가는 길에서 보고 듣고 겪은 일련의 경험 중에서 탄생된 「노상봉취우기」는 명문장으로 꼽아도 손색이 없는 글이다. 연암 일행은 이제묘를 떠나 사하보 쪽으로 가다 야계타란 마을에서 소낙비를 만난다. 이 체험에서 비롯된 글이 연암의 「노상봉취우기」이다.

'한 종지 찬물'과 '주먹 같은 물방울'에 비유된 빗방울과 '바둑돌', '까마귀 머리'로 표현된 구름의 모습에 대한 비유가 기발하고 참신하다. 천둥소리를 '바둑판'과 '말 채찍질', '수레를 달리는' 등 소리의 변주를 동원하여 묘사함으로써 급박함과 긴장감을 불러일으킨다. 이 글은 다양한 비유와 시각과 청각을 활용한 감각적 묘사가 뛰어나다. 이처럼 날씨의 변화를 순간적으로 포착하여 그려낸 상황과 그런 상황에 놓인 인물의 생생한 묘사는 마치 글을 읽는 사람이 소낙비를 맞는 것 같은 생동감을 자아낸다.

차는 풍윤현 고려보로 향하여 달린다. 풍윤현으로 가는 길에서 만난 가로수 버드나무가 쏴아쏴아 바람에 흔들린다. 이곳을 두고 "아름드리 버드나무들이 백여 리를 두고 뻗쳐 있었다."라고 말한 연암의 찬탄을 실감했다.

고려보에 고려가 없다

고려보(高麗保)는 하북성 당산시에 있다. 과거 당산시는 2008년의 일어난 사천성 지진보다 더 큰 지진 피해를 입은 곳이다. 당산 대지진은 1976년 7월 28일 새벽 4시경에 일어났고, 진도 7.8의 강진이었다. 지진으로 인한 사망자를 중국 정부는 24만 2천 명이라 했지만, 서방세계는 80만 명으로 추정했다. 당시 당산시 인구는 100만이었다. 이런 일을 겪은 당산시에서 우리는 고려보를 찾느라고 헤매다 옥전으로 빠지는 국도 삼거리에 있는 마을을 어렵게 찾았다.

당산시 풍윤현 중심가에서 4킬로미터가량 떨어진 곳에 있는 고려보는 병자호란(1636)과 정축호란(1637) 때 청나라에 의해 강제로 이주해온 조선인 집단촌이다. 남창룡의 「조선족의 이주역사」란 글에는, 중국 내 조선족은 명말청초(1620년~1670년대) 시대에 주로 전란으로 인해 강제 이주된 경우가 많았는데, 그는 이 시기를 조선족 이주 초창기, 즉 제1시기로 보았다. 풍윤의 고려보가 이 시기의 대표적인 예이다. 그러나 이런 이주민도 역사적으로 조선과의 관계가

북경 가는 길

끊어지고 중국으로 오가는 사신 일행과 불화하면서 점차 타민족으로 동화되었다. 연암의 고려보에 관한 기록은 이 같은 사정을 잘 말해준다.

고려보에 이르니 집들이 모두 띠 이엉을 이어서 몹시 쓸쓸하고 검소해 보인다. 이는 묻지 않아도 고려보임을 알겠다. 정축년(병자호란 다음해, 1637)에 잡혀온 사람들이 저절로 한 마을을 이루어 산다. 관동 1천여 리에 무논이라고 없던 것이 다만 이곳만은 논벼를 심고, 그 떡이나 엿 같은 물건이 본국의 풍속을 많이 지녔다. 그리고 옛날에는 사신이 오면 하인들이 사 먹는 주식(술과 밥)치고는 값을 받지 않는 일도 없지 않았고, 그 여인들도 내외하지 아니하며, 말이 고국 이야기에 미칠 때에는 눈물을 짓는 이도 많았다. 그러므로 하인들이 이것을 기화로 여겨서 마구잡이로 주식을 토색질해서는 먹는 일이 많을뿐더러, 따로 그릇이며 의복 등속을 요구하는 일까지 있으며, 또 주인이 본국의 옛 정의를 생각하여 심하게 지키지 않으면 그 틈을 타서 도둑질하므로, 그들은 더욱 우리나라 사람들을 꺼려서 사행이 지날 때마다 주식을 감추고 즐겨 팔지 않으며, 간곡히 청하면 그제야 팔되 비싼 값을 달라 하고 혹은 값을 먼저 받곤 한다. 그럴수록 하인들은 백방으로 속여서 그 분풀이를 하는 것이다. 그리하여 서로 상극이 되어 마치 원수 보듯 하며 이곳을 지날 때면 반드시 일제히 한 목소리로, "너희 놈들은 조선 사람의 자손이 아니냐. 너희 할아비가 지나가시는데 어찌 나와 절하지 않느냐." 하고 욕지거리를 하면, 이곳 사람들도 역시 욕설을 퍼붓는다. 그러므로 우리 사람들은 도리어 이곳 풍속이 극도로 나쁘다 하니

113

참으로 한심한 일이다.

—「관내정사」 7월 28일에서

고려는 고구려에서 딴 이름으로 당시 중국인은 조선인을 고려인
이라 불렀다. 고려보에서 '고려'라는 명칭에 대한 재미있는 이야기
가 『열하일기』 「피서록」에 시와 함께 실렸다.

은빛 모자에 푸른 깃을 꽂으니 무부(군사) 같네
요양이라 천 리 길 사신의 수레 뒤를 따랐소
중국에 한 번 들어온 뒤 호칭 세 번 바뀌었으니
좀스런 선비들은 자잘한 공부나 하는 법

翠翎銀頂武夫如(취령은정무부여)
千里遙陽逐使車(천리요양축사거)
一入中州三變號(일입중주삼변호)
鯫生從古學蟲魚(추생종고학충어)

연암은 고려라는 중국 발음이 '까올리(高麗)'인데 조선말로 '가오
리(䰘䰞里)'가 되어 어족(魚族)의 별호로 아이들의 입에 오르내린다
고 했다. 또한, 아무런 직책과 업무도 없이 그냥 따라가는 자기와
같은 사람을 '반당(伴堂)'이라 하여 고기 '밴댕이'로, 무관은 새우 껍
질 같은 갑옷을 입었다 하여 구경꾼들이 '새우'라 불렀다고 하면서
조선인이 세 마리 고기가 된 내력을 해학적으로 들려준다. 조선인
이 세 마리 고기가 된 명칭의 내력은 언어유희에서 오는 것이지만,
언어만큼 국가와 민족을 구분할 수 있는 잣대가 없다는 점에서 이

고려보촌위회

사례는 중요하다. 고려보 사람들이 원래는 조선 사람이었지만 중국인으로 동화된 결정적인 계기는 모국어인 조선말을 잊어버렸다는 데 있다. '까올리'가 한자어로 고려인 줄 알지만, 한국어로 '가오리'인 줄 모르는 조선족 마을이 고려보다.

풍윤현에서 어렵게 찾아간 고려보촌위회(高麗鋪村委會) 회관에 있던 고려보 마을 사람들의 태도에서도 이런 사정은 확인되었다. 사무실에 들어가 과거 조선인에 대한 내력을 물으니, 그런 것은 당산시 박물관에 가서 알아보란다. 여러 가지를 물어보려고 했으나 귀찮은 듯이 대꾸도 하지 않는다. 불친절하고 무뚝뚝한 고려보촌 사람들의 태도에 영 마음이 개운치 않다. 사무실을 둘러 나오는데 시멘트 건물 지붕에 둥근 굴뚝이 보인다. 우리나라 집 굴뚝 모양을 닮았다. 그러나 그것은 마치 고려보에는 '까올리'란 명칭만 있고, 조선말로 '가오리'가 없는 형국이다. 조선의 실체가 없는, 아니 조선의 그림자도 없는 고려보에는 고려가 없다.

「호질」의 고향, 옥전

북경에서 고속도로를 타고 옥전현까지 가는 데는 두 시간 정도 걸린다. 북경에서 옥전(玉田)으로 가는 길에서 나는 뛰는 가슴을 어루만졌다. 기행은 발로 걷고 몸으로 한다. 연암의 「호질(虎叱)」도 발에서 나왔다. 발은 몸을 움직이고, 몸은 감각을 부른다. 감각은 길을 따라가다 마음을 움직인다. 마음이 닿는 곳에 「호질」이 있고, 옥전이 있다.

당산시 옥전현은 백화점과 상가 빌딩이 있는 소도시이다. 중심가 도로에 차를 세워놓고 옛날 건물이나 고서화를 파는 가게를 탐문했다. 그러나 연암이 걸었을 거리는 아스팔트로 덮여 있고, 정 진사와 함께 「호질」을 베꼈던 심유붕의 점포 비슷한 상점도 보이질 않았다. 현대식 상가와 건물이 모두를 지워 버렸다. 시간의 흐름 속에서 건져 올린 '호랑이의 꾸짖음'은 옥전 거리 어디에서도 들려오지 않았다.

「호질」은 내용만큼이나 글을 베낀 동기와 개작한 사유가 흥미롭다. 1780년 7월 28일 저녁, 옥전현에 도착한 연암은 거리 구경에 나선다. 노랫소리가 들리는 심유봉의 점포를 방문하게 되고, 그곳에서 연암 자신이 '절세기문(絶世奇文)'이라 말한 「호질」을 발견한다. 연암은 그 글을 정 진사와 나누어 베낀다. 그러자 심유봉이 그런 걸 베껴 뭐하느냐고 묻자, 연암은 "고국으로 돌아가면 국내 사람들에게 한 번씩 읽혀 그들로 하여금 배를 틀어쥐고 넘어지도록 웃게 하되, 먹던 밥티가 벌 날듯 튀고 갓끈이 썩은 새끼처럼 끊어지게 될 것이오."라고 답한다. 그리고 연암은 정 진사가 베낀 글에는 오자와 탈자, 문리가 통하지 않는 글귀가 있어 다시 「호질」을 고쳤다고 말한다. 자기가 쓴 글이 아니라 하면서 자기 글로 만든, 연암의 글쓰기 수법은 그 자체가 패러디이다. 「호질」은 호랑이를 주인공으로 내세워 당대의 현실을 질타하는 우화적인 우언(寓言) 소설이다.

우언 소설은 우화를 포함한 큰 범주로, 작가가 말하고자 하는 내용을 직접적으로 드러내지 않고 이면에 둔 채 표면에 나타난 이야기를 통하여 본래의 의도했던 바를 간접적으로 드러내는 이야기 방식이다. 그러니까 「호질」은 중국 당대의 현실을 풍자하면서, 조선의 현실을 아울러 풍자한 소설이다. 즉 '우언의 우언' 소설이다.

그렇다면 연암이 「호질」에서 의도했던 바는 무엇일까? 그것은 바로 호랑이가 꾸짖는 대상에서 알 수 있다. 소설의 앞부분에서 호랑이는 '의(醫)'란 의심스러울 '의(疑)'요, '무(巫)'는 속일 '무(誣)'이며, '유(儒)'란 아첨할 '유(諛)'라고 하면서 당시 의사나 무당·선비들을 혹세무민하는 존재로 여기고 이들을 질타한다. 둘째 부분에서는 존경받는 북곽선생을 바람둥이로, 열녀로 칭송되는 동리자는 성이 다른 다섯 명의 아들을 가진 여인으로 풍자했다. 그들은 알려진 명성과는 달리 위선적인 인물이다. 이런 줄도 모르고 그들의 명성에 사로잡혀 그들을 존경하고 있는 동리자의 아들과 고을 사람들의 어리석음도 동시에 풍자했다. 소설의 마지막 부분에서 호랑이는 똥구덩에 빠진 북곽선생으로 대변되는 당대 유학자와 위정자들의 위선과 기만을 질책한다. 호랑이는 인간의 부도덕한 면을 비판하면서 하늘의 이치에서 보면 인간이나 만물은 동등한 존재라는 것을 말한다. 그렇지만 북곽선생의 태도는 조금도 달라지지 않고 오히려 마을 사람들 앞에서 근엄한 선비로 되돌아온다. 이것은 위선적인 지식인의 모습이면서, 변화와 개혁의 의지마저도 보이지 않는 당대 위정자들의 형태이다.

연암은 「호질후지(虎叱後識)」에서 「호질」은 근세 중국인이 비분강개하여 지은 것으로 청나라의 위선적인 정책과 곡학아세(曲學阿世)하며 자신의 안일을 추구한 한족 출신 유학자들에 대한 풍자라고 했다. 그러나 「호질」을 연암의 작품으로 본다면, 당시 조선 유학자에 대한 비판과 조선 후기 사회의 모순에 대한 풍자이다.

옥전의 풍자시 「막사장」

옥전현에서 점심을 먹고 가려고 식당을 찾았다. 도로변에 개고기를 파는 식당이 눈에 띄었다. 우리 팀은 호기심으로 '구육관(狗肉館)'이란 간판이 걸려 있는 식당으로 들어갔다. 중국인들이 개고기 수육으로 식사를 하고 있었다. 가득 담은 개고기 수육 가격이 우리나라 자장면 한 그릇 값이다. 식당 주인은 처음으로 한국 사람이 자기 식당에 왔다고 야단스럽게 굴었다. 그런데 우리는 뜻하지 않게 음식점에 벽에 걸린 "외상 거래를 하지 말라('막사장')"는 뜻을 가진 시 한 편을 발견했다. 나는 얼른 카메라로 시를 찍었다.

모든 일을 경영하는 데는 이익이 우선이니
소소한 것도 모두 피와 땀으로 이루어진 것이라네.
소비를 꾸짖으면 이는 곧 군자이니
외상 하고 싶다는 말은 꺼내지도 말아야 하네.
여러 사람이 외상을 하게 되면

본전은 줄어들고 이익은 박하여 자금 회전이 어려워질 것이네.
여러 사람이 땔감을 더하면 불길은 쉽게 치솟지만
나 혼자 여러 사람을 돕는 것은 산을 메는 것처럼 힘이 든다네.
외상 하는 것은 삼결의(유비, 관우, 장비의 도원결의)와 같지만
　외상값 받는 것은 양산(수호지 양산박(梁山泊)에 있는 산)에 오르
는 것처럼 어려운 일이라네.
한 번 빚을 독촉하면 얼굴이 붉게 변하고
두 번 빚을 독촉하면 안색이 확 바뀐다네.
그리하여 친구 간의 우정도 모두 잊어버리고
오랫동안 다정했던 벗도 사이가 틀어져 버리네.
외상값을 갚지 않으려 하다 보면
옥신각신 서로 탓하게만 된다네.
빚지고 돈 갚는 것은 옛부터의 이치이니
남을 위해서는 수고롭게 하지 않아야 하는 것이네.
일상생활에서는 절약과 검소함이 필요한 것이니
외상하지 않는 것이 제일 좋은 것이라네.

百业经营利爲先(백업경영이위선)

分分厘厘皆血汗(분분리리개혈한)

告诫消费诸君子(고계소비제군자)

若要赊账莫开言(약요사장막개언)

如果诸人来赊账(여과제인래사장)

本小利薄周转难(본소이박주전난)

众人添柴火焰高(중인첨시화염고)

我助众人如担山(아조중인여담산)

赊账如同三结义(사장여동삼결의)

要账如同上梁山(요장여동상양산)

一次要账紅了脸(일차요장홍료검)

二次要账把脸翻(이차요장파검번)

朋友之情全忘记(붕우지정전망기)

多年好友变了脸(다년호우변료검)

就是不想把钱还(취시불상파전환)

你推我是互指责(니추아시호지책)

欠账还钱古来理(흠장환전고래리)

爲人着想莫添烦(위인착상막첨번)

日常生活要节俭(일상생활요절검)

最好不要来赊欠(최호불요래사흠)

— 「막사장(莫赊账)」

　「막사장」 시는 곳곳에 이본(異本)이 있는데 예를 들면 위 시의 열네 번째 구인 '多年好友变了脸(다년호우변료검)'란 구절은 이 본에서는 '오랫동안 다정했던 벗도 얼음과 숯불의 사이처럼 용 납할 수 없는 원수 간이 된다.'라는 뜻으로 '多年好友成冰炭(다 년호우성빙탄)'이라 쓰고 있다. 위 시는 구(句)가 20구지만 다른 판본에서는 이보다 많아서 30구 또는 40구 이상의 것도 있다. 평측(平仄)과 운(韻)에 구애받지 않는 통속적인 해학시를 타유시 (打油詩)라고 한다. 이 시가 바로 이에 속한다. 타유시라고 하는 명칭은 당대(唐代) 장타유(張打油)의 시에서 유래했는데, 다른 말 로는 타구시(打狗詩)라고도 한다. 여하튼 중국의 영세한 식당이 나 상점의 벽 한 귀퉁이에 이런 시가 쓰인 것을 볼 수 있다.

— 김명욱 記

우리의 풍자시 「막사장」

121

「막사장」 시는 일상생활에서 외상 거래는 신의와 맹세와 같은 것임을 삼국지 유비, 관우, 장비의 도원결의에 비유했다. 반면에 외상 거래는 수호지에 나오는 양산을 오르는 것만큼이나 어렵다고 했다. 또한, 외상 거래에서 오는 폐해가 우정을 허물어뜨리는 결과를 가져온다는 경계의 메시지를 나타내었다. 이처럼 「막사장」이란 시는 중국 서민의 경제관과 도덕적 삶 등을 쉽고 간결하게 표현했다. 옥전의 구육관이란 식당에서 걸린 벽첩시 한 편이 이곳이 「호질」의 고장임을 일깨워준다.

동악묘

1780년 7월 29일, 조선 사신 일행은 옥전현을 떠나 계주(薊州, 천진시 계현)를 거쳐 삼하현과 통주를 지나 8월 1일 북경 동악묘(東岳廟)에 도착했다. 조선 사신들은 이곳에서 관복을 갈아입고 청나라 통역관의 안내를 따라 조양문을 통해 자금성으로 들어갔다.

동악은 태산이고 태산의 산신이 동악대제(東岳大帝)이다. 동악묘는 동악대제를 모신 도관(道觀, 도교 사원)이다. 원나라 때 세웠다. 1698년 청나라 강희제 때에 화재로 소실된 것을 2년 후 복원하고 보수했다. 1760년 건륭제가 다시 크게 증축했다. 연암이 왔을 때 동악묘는 화려한 모습을 갖추고 있었다. 이런 까닭에 연암도 "동악묘는 조양문 밖 일 리쯤 되는 데 있어 건축이 장려하기가 연도에서는 처음 보는 건물이다. 성경에 있는 궁전들도 여기에 미치지 못하겠다. 묘문 맞은편에는 한 쌍의 패루가 섰는데 푸른 유리기와와 초록빛 유리기와로 이어 번쩍거리고 찬란한 모습은 앞서 본 돌로 만든 패루보다 훨씬 나아 보였다."(「동악묘 견문기」에서)라고 찬탄했다. 그

동악묘 패루

후 동악묘는 일본의 침입으로 황폐했다가 1990년대 중반 복원하여 1999년 구정 설날에 개방했다. 조선 사신들이 옷을 갈아입었다는 서원은 현재 중국민속학회 사무실로 사용되고 있다.

동악묘 입구에는 두 개의 탑이 동서로 자리 잡고 있다. 그 앞은 조양문 대로이다. 동악묘 건너편에는 패루가 서 있고, 패루의 주변은 아파트촌이다. 동악묘 입구에는 청동 향로가 놓였다. 정전의 정문인 첨대문 현판 밑에는 동악대제가 강조하는 복을 받기 위해서는 선행을 해야 한다는 글이 적혔다. 인과응보와 권선징악에 관한 내용으로 "선을 행하는 사람은 봄날 풀처럼 보이지 않게 복이 늘어나나, 악을 행하는 사람은 칼 가는 숫돌처럼 눈에 띄지 않게 복이 이지러진다." 따위의 구절이다. 첨대문을 지나 중앙 통로를 따라 약 60미터 정도 가면 거대한 직사각형 청동 향로와 둥근 향로가 놓인 대악전이 나온다. 연암이 「동악묘기」에서 말한, "첫째 전(殿)은 영소

화육(靈昭化育)이라는 현판을 했는데, 동악대제가 곤룡포에 면류관을 쓴 신상과 왼쪽에는 문신, 오른쪽에는 무신들로 시위해 모셔 세우고 앞에 놓은 탁자 앞에는 몇 섬들이나 되는 쇠로 만든 큰 항아리에다가 칠을 가득히 담고 심지 네 개를 박아 불을 켜고는 철망으로 뒤집어씌워 두었다.”라고 한 곳이다. 지금은 연암이 본 '영소화육(靈昭化育)'이란 글자 대신 동학대제가 밝은 빛을 비춘다는 뜻의 '악종소황(嶽宗昭贶)' 편액이 붙었다. 동악묘의 중심 건물인 정전을 중심으로 좌우·동서로 이어진 회랑에는 76사(司)의 신전을 각방에다 배치했다. 인간의 운명과 행복·불행·선악 등을 관장하는 신들로 파노라마식 형태로 늘어놓았다. 건물 안쪽에는 중국 민속자료 전시실이다.

이처럼 동악묘는 도교를 비롯한 다신교적인 중국인들의 민간신앙과 풍습, 민속 등을 모아 총체적으로 전시한 공간이다. 이곳에 오면 왜 중국의 종교 인구 중 제일 많은 비중을 차지하고 있는 것이 도교를 비롯한 민간신앙인지를 알게 된다. 예나 지금이나 민중들은 현세적인 삶과 기복신앙을 중시했다. 그런 예를 보여주는 곳이 동악묘이다. 동악묘의 앞뜰에 서 있는 수령 팔백 년의 회화나무에 달린 '수괴(壽槐)'의 글자와 온통 붉은색으로 치장한 건물 벽과 쉴 틈 없이 피워 올리는 향불 연기가 그 같은 사실을 말해준다.

유리창

동악묘에서 조금만 가면 조양문이다. 지금 그 자리엔 '朝阳门(조양문)'이란 철제 조각상이 있다. 조선 사신단은 조양문을 지나 원래 조선 사신의 숙소였던 옥하관에 들고자 했다. 당시 옥하관에 러시아인들이 거주했기에 조선 사신은 '서관'에 들었다. '옥하관'은 현재 왕부정 대가 동단 정의로 거리 중국인민최고법원 일대이며, '서관'은 서단 거리 첨운패루 부근이다. 현재 서단은 백화점 등 빌딩이 들어선 쇼핑가이다. 그 외 조선 사신관으로 자금성 동쪽에는 있던 '별관', 현재 북경 공안국 건물 자리에 '남관'이 있었다.

북경에 도착한 연암이 맨 먼저 들러본 곳은 유리창(琉璃廠)이다. 유리창에서 유리(琉璃)는 유리기와를 뜻하고 창(廠)은 공장을 뜻한다. 유리창은 원나라가 북경을 수도로 삼으면서 설치한 유리기와 굽던 공장, 즉 가마장이다. 명나라 때에 장터가 되면서 상업지역으로 변했다. 청나라 초기에는 통치를 강화하기 위해 문화 학술 방면에 관

유리창의 상점

심을 기울였다. 특히 강희제와 건륭제 때에는 서적의 출판과 유통이 크게 일어남으로써 유리창은 학자들의 문화 교류 공간으로 번성했다. 대표적인 예가 1천여 명의 학자가 10년에 걸쳐 만들었다는 『사고전서』의 편찬이다. 이 사업에 종사하는 학자들이 유리창 일대에 기거했고, 과거시험이나 글로써 출세하려는 지방 선비들도 이곳으로 몰려들었다. 따라서 유리창은 서적을 중심으로 서예, 골동품, 문구, 인쇄, 악기, 도장, 각판 등이 거래되는 거대한 문화산업단지가 되었다. 유리창 문화가 형성되면서 중국뿐만 아니라 해외에서도 이곳을 찾아 몰려들었다. 유리창은 당대에 최대의 문화집산지이자 유통 장소였다. 조선학자들도 이곳에서 학문과 우정을 나누고 문화를 교류했다. 아울러 많은 서적을 구입하여 조선에다 서양문명을 유입시켰다. 대표적인 학자들로 홍대용을 비롯하여 박제가, 유득공, 이덕무, 김정희 등이 있다.

연암은 홍대용이나 이덕무로부터 당시 유리창의 화려하고 번창한 문물에 관한 사전정보를 들었다. 그러나 이들과는 달리 연암은 이곳에 오자마자 생뚱맞게 유리창에 대한 찬탄 대신에 자기를 알아줄 사람이 없다는 '고독론'과 자기를 알아주는 이에 대한 '지기론'을 펼친다.

수레를 몰아 정양문을 나와 유리창을 지나면서, "이 창이 모두 몇 칸이나 되는지요?"라고 물었더니, 어떤 이가 "모두 27만 칸이나 된답니다." 하고 답한다. 대개 정양문에서부터 가로 뻗어 선무문에 이르기까지의 다섯 거리가 모두 유리창이었고, 국내와 국외의 모든 보화가 이에 쌓였다.

내 그제야 한 누 위에 올라서 난간에 기대어 탄식하였다.

"이 세상에 진실로 나를 알아주는 이를 한 사람을 만나면 한이 없을 것이다. 아아, 인정은 대체 제 몸을 알고자 하되 이를 알지 못하면, 때로는 커다란 바보나 또는 미치광이처럼 되어서, 나 아닌 남이 되어 나를 보아야만 나도 비로소 다른 물건과 다를 바 없음을 알 수 있을 것이다. 그 경지에 이르러서야 비로소 몸이 움직이는 곳마다 아무런 거리낌이 없을 것이다. 성인은 이 방법을 지녔으므로 세상을 버리고도 아무런 고민이 없으며, 외로이 서 있어도 아무런 두려움이 없었던 것이다. 공자는 일찍이 말씀하시기를, '남이 나를 알아주지 않는다 하더라도 노여운 뜻을 품지 않는 이라면 어찌 군자가 아니겠느냐' 하였고, 노자도 역시, '나를 알아주는 이가 드물다면 나는 참으로 고귀한 존재이다’ 하였으니, 이렇듯이 남이 나를 몰라보았으면 하여, 혹은 그의 의복을 바꾸기도 하려니와, 혹은 그 얼굴을 못 알아보게 하고, 혹은 그 성명을 갈아 버린다. 이는 곧 성인·부처·현인·호걸들이 세상을 하나의 노리개로 보아서, 비록 천자의 자리를 준다 하더라도 그의 즐거움과 바꾸지 않는 까닭이다. 이러한 때에 천하에 혹시 한 사람만이라도 그를 알아주는 이가 있다면, 그의 자취는 드러나고 마는 것이다.

— 「관내정사」 8월 4일에서

연암이 유리창 거리에서 던진 고독과 지기에 대한 사유는 인간 개개인의 소중함을 깨달은 통찰에서 오는 것이 아닐까. 아니라면 자신의 푸념과 한탄이 될 터인데, 그렇게 여기기엔 연암의 ‘고독론’은 존재론적인 면모를 띤다. 왜냐하면, 공자의 말처럼 나를 몰라주어도 불평하지 않는 군자나, 나란 존재는 귀한 것이기에 알아주는 이가 쉽지 않다고 한 노자의 말은 고독하다는 것 자체가 인간 존재의 소중함을 뜻하기 때문이다. 그런데 연암의 고독론은 앞서 요동 벌판을 보면서 느낀, ‘나는 오늘에서야 비로소 사람이란 본디 어디에 붙어 의지하는 데가 없이 다만 하늘을 이고 땅을 밟은 채 다니는 존재임을 알았다.’처럼 인간의 근원적 고독과는 빛깔이 다르다. 수많은 사람과 번화한 문명이 흘러넘치는 유리창 거리에서 느끼는 고독은 상대성을 염두에 둔 고독이다. 인용한 공자나 노자의 말을 한 단계 더 들어가 생각한다면 인간은 고독하지만, 이러한 고독도 자기를 알아주는 이가 있어야 가치가 드러난다는 뜻이다. 왜냐하면, 공자나 노자도 알아주는 이가 있었기에 그들의 존재가 드러났기 때

문이다. 이런 논리를 바탕으로 발상을 전환한 것이 연암의 '지기론'
이다. 그러므로 연암이 말하고 있는 '고독'과 '지기'는 동전의 양면
처럼 짝을 이루면서 인간 존재를 다시 성찰하게 하는 화두이다.

　유리창은 연암을 비롯한 조선의 학자들에게 문화적 충격과 문물
을 안겨주었던 공간이었지만, 점차 현대문명에 그 자리를 내어주고
있다. 터무니없이 비싸거나 아니면 가짜 상품만 거래되는 현실이 그
러한 사정을 잘 보여준다. 그래서 몇 해 전만 해도 이곳이 없어진다
는 소문이 나돌았다. 유리창이 사라질 운명도 얼마 남지 않는 것 같
아 우리는 그 모습을 담느라 '고독과 지기'를 생각할 시간도 없었다.

남천주당

북경 남천주당은 선무문 사거리 부근에 있다. 정양문에서 서쪽으로 곧장 가면 '선무문천주당'이란 간판이 십자가 아래에 놓여 있다. 나는 이곳을 세 번 방문했다. 첫 번째 답사에서는 문이 잠겨 있어 들어가지 못했다. 두 번째 답사 때에는 마침 예배를 보고 있어 정문을 통해 안으로 들어갔다. 본당 뜰에는 한자 이름으로 이마두(利瑪竇)라 불리는 마테오 리치(Matteo Ricci, 1552~1610) 동상이 있다. 그가 명나라 때인 1605년, 북경에 최초로 세운 교회당이 남천주당이다. 이후 아담 샬(Adam Schall, 1591~1666)로 이어지면서 선교가 이루어졌다. 아담 샬은 천문 역법의 전문가로 청 조정에서 천문을 맡는 흠천감정에 임명되었다. 그는 달력 제작과 천문대 등을 비롯한 서양문물을 전파했다. 이에 청나라 3대 순치 황제는 1652년 웅대한 규모의 남천주당을 세웠다. 이처럼 남천주당은 선교뿐만 아니라 서양문물을 전하는 산파역을 한 공간이었다.

남천주당에서 중요한 사건은 아담 샬과 소현세자와의 만남이

남천주당의 마테오 리치 동상과 본당

다. 1644년 청나라가 수도를 북경으로 옮기면서, 병자호란 때 인질로 잡혀간 소현세자도 이곳으로 왔다. 이때 아담 샬은 소현세자를 통해 조선에 천주교를 전파하고자 했다. 소현세자는 아담 샬의 권유를 받아들여 귀국할 때 천주교인 다섯 명을 데리고 그가 준 대량의 서양 과학서적과 혼천구 등 천문기구를 가지고 돌아왔다. 귀국한 소현세자는 의문의 죽음을 당했다. 아담 샬과 소현세자의 만남은 서학사에서 중요한 사건이었지만 소현세자의 죽음으로 인해 조선 사회가 서학에 대한 개방과 응전을 통해 국력을 키울 수 있는 힘과 기회를 잃었다.

영·정조 시대에 남천주당은 서학을 알고자 하는 이들의 탐방 명소로 자리매김했다. 당시 왕부정에 있던 동천주당, 이승훈이 조선인 최초로 세례를 받았던 서안문 쪽에 있던 북천주당, 김창업이 들렀던 서천주당이 있었다. 남천주당을 참관하고 열성적으로 서학을 배우고자 했던 사람은 홍대용이었다. 그는 수학, 천문, 음악, 역산 등 다방면에 깊은 지식을 가진 학자였다. 그는 이곳에서 오스트리아인 유송령(劉松齡, 할레르슈타인(Hallerstein)) 신부로부터 오르간과 시계, 망원경 등을 접하고 조선에 그런 기구를 알렸다. 뒤이어 이덕무가 이곳을 방문했다. 연암 또한 이곳에 왔으나 홍대용이 말한 오르간은 보지 못했다. 다만 그는 서양 성화에 대한 다음과 같은 기록을 남겼다.

　　이제 천주당 가운데 바람벽과 천장에 그려져 있는 구름과 인물들은 보통 생각으로는 헤아려낼 수 없었고, 또한 보통 언어 · 문자로는 형용을 할 수도 없었다. 내 눈으로 이것을 보려고 하는데, 번개처럼 번쩍이면서 먼저 내 눈을 뽑는 듯이 하는 그 무엇이 있었다. 나는 그들(화폭 속의 인물)이 내 가슴속을 꿰뚫고 들여다보는 것이 싫었고, 또 내 귀로 무엇을 들으려고 하는데, 굽어보고 쳐다보고 돌아보는 그들이 먼저 내 귀에 무엇을 속삭였다. 나는 그것이 내가 숨긴 데를 꿰뚫어 맞힐까 봐 부끄러워하였다. 내 입이 장차 무엇을 말하려고 하는데 그들은 침묵을 지키고 있다가 돌연 우레 소리를 내는 듯하였다. 가까이 가서 보니 성긴 먹이 허술하고 거칠게 묻었을 뿐, 다만 그 귀 · 눈 · 코 · 입의 짬과 터럭 · 수염 · 살결 · 힘줄 등의 사이는 희미하게 그어 갈랐다. 터럭 끝만 한 치수라도 바로 잡았고, 꼭 숨을 쉬고 꿈틀거리는 듯 음양의 배치가 서로 어울려 절로 밝고 어두운 데를 나타내고 있었다. 그림에는 한 여자가 무릎에 5, 6세 된 어린

남천주당의 성화

애를 앉혀두었는데, 어린애가 병든 얼굴로 흘겨서 보니, 그 여자는 고개를 돌리고 차마 바로 보지 못하고 있는가 하면, 옆에는 시중꾼 5, 6명이 병든 아이를 굽어보고 있는데, 참혹해서 머리를 돌리는 자도 있었다. 새 날개가 붙은 귀신 수레는 박쥐가 땅에 떨어진 듯, 그림이 슬그머니 돌아 웬 신장(神將)이 발로 새 배를 밟고, 손에는 무쇠 방망이를 쳐들고 새 머리를 짓찧고 있었다.

—「황도기략」 중 '양화'에서

연암은 성화(聖畵)의 낯섦에 놀라, 구유에 누워 있는 아기 예수(예수 탄생의 모습)를 병든 어린애로, 축하와 경배를 보내는 동방박사를 두고 참혹해서 머리를 돌리고 있는 모습으로 서술했다. 그리고 천사를 귀신에 비유했다. 이것은 연암의 천주교에 대한 무지와 아울러 첫 대면이 가져다준 충격이 컸음을 보여주는 대목이다.

연암이 놀라서 바라보았던 남천주당의 성화는 지금은 아치형 천장과 대리석 기둥, 디지털 수상 화면과 함께 화려하게 바뀌었다. 그것은 한국 성당의 성화 모습과 별반 다를 게 없었다. 다른 게 있다면 먼 시간 속에서 도포 자락을 날리며 서성거리던 연암의 모습이 망막에 떠올랐다가 사라졌다는 것이다.

상방과 고관상대

연암이 북경에서 특히 관심을 가지고 관찰한 것은 코끼리와 천문관측 기기이다. 그 결과 그는 두 편의 코끼리에 관한 글과 관상대(고관상대) 방문 기록을 남겼다. 연암은 「상방(象房)」이란 글에서 코끼리 우리인 상방은 선무문 왼편에 있고, 오른편에 천주당이 있다고 했다. 당시 상방에는 코끼리가 80여 마리가 있어 여러 가지 재주를 부렸다고도 했다. 그런데 남천주당에서 나오면 바로 선무문 사거리이다. 그러니까 상방은 현재 선무문 부근에 있었다는 이야기다. 상방은 1906년 서태후가 북경 동물원을 세우면서 자리를 옮겼다.

코끼리에 대한 연암의 또 다른 글인 「상기(象記)」를 보면, "대체로 코끼리는 오히려 눈에 보이는 것인데도 그 이치에 있어 모를 것이 이 같거늘, 하물며 천하 사물이 코끼리보다도 만 배나 복잡함에랴. 그러므로 성인이 『역경』을 지을 때 코끼리 '상(象)'자를 따서 지은 것도 이 코끼리 같은 형상을 보고 만물이 변화하는 이치를 연구하게 하려는 것이다."라고 했다.

하늘의 이치가 하나의 법칙이나 진리로 존재할 수 없듯이 만물 또한 하나의 법칙으로 설명할 수 없다는 것을 코끼리가 보여준다. 그래서 코끼리를 '상(象)'이라 지었다는 설명이다. 연암은 코끼리를

고관상대 뜰에 위치한 천문기구

통해 고정불변의 절대적인 법칙은 존재하지 않는다는 사유를 이끌어낸다. 이 글은 획일화된 사고와 가치를 경계하는 연암의 사유를 잘 보여준다.

북경의 고관상대(古觀象臺)는 건국문 남서쪽 모퉁이에 있다. 유리창에서 차로 20분 정도 걸린다. 북경 지리에 밝은 사람은 지하철 2호선 건국문 역에 내리면 보인다. 높은 성벽으로 둘러싸인 고관상대 출입문으로 들어가면 관측기기를 놓아둔 뜰과 디귿(ㄷ)자 모양의 건물이 있다. 청나라 때 기상관측을 담당했던 흠천감이 있던 곳이다. 옆에는 축대를 쌓아 만든 관상대로 높이는 17미터이다. 연암은 고관상대를 방문하여 서양 과학기구를 살펴보고자 했으나 관측대까지는 올라가지 못했다. 옥상 관측기기는 명·청대 것으로 당시는 국가기밀 차원에서 개방하지 않았다. 이곳에서 내려다보면 황제가 있는 자금성이 보인다 하여 외부인들의 출입을 금지했다. 연암이 그토록 보고자 갈망했던 고관상대 옥상 관측기기는 청나라 때 제조

된 것으로 혼천의 여덟 개가 남아 있다. 명나라 때 만들어진 관측기
기는 난징 자금산 천문대에 진열되어 있다. 고관상대는 명나라 때
인 1442년에 세웠다. 건물과 천문기기는 연암이 기록한 옛 모습 그
대로다.

　　성에 붙여 쌓은 높은 축대가 있는데, 성첩(성의 낮은 담)보다
한 길 남짓이 솟은 데를 관상대라 한다. 대 위에는 여러 가지 관
측하는 기계들이 놓였는데, 멀리서 보면 큰 물레바퀴 같았다.
이로써 천체와 기후의 일체를 연구한다. 무릇 일월 · 성신과 풍
운 · 기색의 변화하는 현상을 이 대에 올리면 예측할 수 있다.
대 아래는 이 사무를 맡은 마을이 있으니, 곧 흠천감이다. 그 정
당(政堂)에 붙어 있는 현판에는 '관찰유근(觀察惟勤, 오직 관찰을
부지런히 한다)'이라 씌었다. 뜰에는 여기저기에 관측하는 기계
를 놓아두었는데 모두 구리로 만들었다. 비단 이 기계들의 이름
을 알 수 없었을 뿐 아니라, 만든 모양들도 모두 이상스러워서
사람의 눈과 정신을 얼떨떨하게 하였다. 대에 올라가니 성은 한
눈에 굽어볼 만하였으나 수직하는 자가 굳이 막으므로 올라가
지를 못하고 돌아섰다. 대체로 대 위에 진열한 기계들은 아마도
혼천의(渾天儀, 천문기구)와 선기옥형(璿璣玉衡, 천체를 관측하는 기
기) 종류 같아 보였다.

—「알성퇴술」 중 '관상대'에서

연암을 비롯한 조선 학자들에게 안타까움을 안겨준 북경 고관상
대 위에 전시된 천문기기는 검푸른 청동빛을 던지며, 아직도 그 자
리를 지키고 있다. 그것은 서양과 동양의 과학기술 교류의 유물로

인류 과학문화유산으로 남았다. 그 속에는 조국의 미래와 과학 문명을 탐색하기 위해 머나먼 길을 달려온 연암을 비롯한 조선 학자들의 발자취가 남아 있다. 이런 생각을 하면서 그들의 발자국에다 도장을 눌러 찍는 마음으로 고관상대 계단을 꾹꾹 밟으며 내려왔다.

고관상대 뜰에 있는 나무가 햇살을 받아 반짝인다. 우리 일행은 사진을 찍었다. 맑은 하늘을 보기 힘들다는 북경, 그날은 이상하게도 환한 얼굴을 했다.

공자묘와 국자감

태학의 공자묘(孔子廟)와 국자감(國子監)은 안정문내 거리에 있는 옹화궁과 서로 마주하고 있다. 공자묘와 국자감 입구 도로는 고아하고 단정하다. 가로수가 일렬로 늘어섰고 붉은 담벽에 '북경공묘(北京孔廟)'란 표지판이 있다. 출입구에는 국자감의 패루가 우뚝하다. 북경의 공자묘는 원나라 때인 1302년에, 국자감은 1306년에 축조되었다. 현재의 건물은 명과 청나라 때 와서 증설하고 수리했다. 이 건축물의 품격을 한마디로 나타낸 말이 '좌묘우학(左廟右學)'이다. 글자 그대로 왼쪽에는 공자를 받드는 묘당이고, 오른쪽에는 유학을 배우는 장소이다.

공자묘의 출입구 중앙이 대성문으로 공자상이 세워져 있다. 북경의 공자묘는 그의 고향 곡부의 공자묘, 태산의 대묘와 더불어 황제가 친히 나서 집행하던 중국 내 대표적인 국가의례 장소였다. 공자묘의 대성전 건물은 2층이다. 위층에는 '대성전(大成殿)'이라는 편액이, 아래층에는 강희제의 글씨인 '만세사표(萬世師表)' 편액이 뚜

공자묘
대성문과
공자상

렷하다. 대성문 좌우 각 문에는 돌로 만든 석종과 북 모양에 글자를
새긴 석고(石鼓)가 있다. 대성전 건물 안에는 공자의 위패가 중앙에
놓였다.

국자감은 교육기관으로 지금의 국립대학에 해당한다. 국자감 출
입문인 집선문은 유리기와 패루로 청나라 때 건축물이다. 이 문을
지나면 뜰 복판에 화려하고 웅장한 건물이 '벽옹(辟雍)'이다. 황제
가 생원들과 신하들에게 강의하던 곳이다. 벽옹의 건축물은 특이하
다. 황색 유리기와를 얹은 2층의 웅대한 벽옹 건물을 복판에 놓고
평지에 원형 연못을 만들었다. 연못과 벽옹 건물 사이에는 네 개의
다리가 놓였다. 사면에는 문을 달아 연설을 하면 사방이 다 들리게
했다. 연못에 물을 끌어들인 이유는 천자가 학문을 논할 때는 반드
시 물이 있어야 한다는 것 때문이다. 건륭제가 사방에 네 개의 우물
을 파서 물을 끌어 올려 인공 연못을 만들었다. 벽옹은 천안문과 자

벽옹

금성의 각루와 더불어 북경이 자랑하는 대표적 고대 목조 건축물이다. 그런데 연암의 기록에는 벽옹이 나오지 않는다. 그 이유는 벽옹은 연암이 다녀간 후인 건륭제 50년(1785)에 조성되었기 때문이다. 내부에는 황제가 강의를 했던 자리가 옛 모습 그대로 남았고, 벽을 빙 둘러 황제가 행차하던 광경과 강의 하던 풍경 등을 디지털 화면으로 생생하게 재현시켜놓았다.

벽옹 건물을 지나면 '이륜당(彝倫堂)'이다. 국자감의 좨주(祭酒, 현 대학총장)와 교무장이 사무를 보는 곳이다. 건물은 네 개의 사무실(4정)과 학생들의 학습실(6당)이 있고, 사무일꾼과 학생들이 지켜야 할 훈칙은 이륜당 문밖 석비에 새겼다.

학생들은 공생(貢生)과 감생(監生)으로 구분한다. 공생은 중국 각 지역에서 추천하여 선발된 수재들이고, 감생은 왕족과 고관 자제들로 학비를 내는 자비생이다. 우리나라를 비롯한 일본, 러시아 등에서 온 유학생도 있었다. 연암의 「태학」이란 글에는, "'국초(國初, 명나라 초기)에 고려에서 김도 등 네 사람을 보내어 태학에 들었는데, 홍무 4년(1371)에 김도가 진사에 올라 귀국하였다.'라 했고, 또『태학지』(저자 미상)를 상고해보면, '융경 원년(1567)에 천자가 국자감에 거동하였는데, 조선 사신 이영현 등 여섯 사람이 각기 제 급수에 알맞은 의관을 갖추고 이륜당에 가서 문신 반열의 다음에 섰다.'라고 했다. 나는 부사와 서장관을 따라 뜰에서 재배례를 행했다."(「알성퇴술」)라고 기록했다.

옹화궁

옹화궁(雍和宮) 은 국자감 맞은편에 있다. 이곳은 청나라 5대 황제 옹정제(雍正帝)의 집이었다가 후일 황제를 배출한 곳이라 해서 붉은색 담과 황금 전각으로 단장했다. 옹정제 사후 1744년경 그의 아들 건륭제가 라마 사원으로 개조했다. 역대 티베트 판첸라마 계통 승이 있다가 선통제(청 마지막 황제) 퇴위 후 몽골족 주지들이 거주했다. 옹화궁 내의 주요 건물은 남쪽부터 천왕전·옹화전·영우전·법륜전·만복각 등 다섯 개이다.

옹화궁 입구 패루 현판은 '십지원통(十之圓通)'으로 동서남북 사방을 비롯하여 동남, 서남, 동북, 서북, 상, 하, 모두 열 개의 방향에 관음보살의 자비를 원만하게 통하게 한다.'라는 뜻이다. 다음이 매표소로 개찰구를 통과하여 가로수와 상점을 지나 150미터 정도 가면 소태문이다. 소태문 현판은 티베트어·몽골어·한문·만주어 등 네 개의 언어로 표기했다. 옹화문인 천왕전 앞에는 종루와 고루, 비각이 있다. 정문 양쪽에는 방울 두 개와 장식 술 세 개가 달린 사

만복각

자상이 놓였다. 건륭제의 친필인 '옹화문' 현판도 티베트어, 몽골
어, 한문, 만주어 등의 언어로 표기되었다. 옹화문 미륵불 좌우로
장수탑이 있다. 이 미륵불 포대화상은 '자비'의 상징으로 원나라 때
실존했던 승려라 한다. 그는 큰 주머니에 먹을 것을 넣고 아이들에
게 선물했다고 전해진다. 옹화궁 정전 뒤는 영우전이고, 그 뒤가 연
암이 '라마승이 불경을 외운다.'라고 말한 법륜전(法輪殿)이다.

  법륜전 법당에는 15세기 초 라마불교 창시자인 종카바 상이 있
다. 그의 제자가 달라이라마와 판첸(반선)라마이다. 법륜전 구조는
특이하게도 십(十)자 형태로 지붕에는 다섯 개의 작은 누각에 금탑
이 각각 놓였다. 중앙이 법륜전, 동쪽에는 반선루, 서쪽에는 계대루
가 있다. 반선루와 계대루는 1780년 건륭제 칠순 때 열하에 온 반선

라마 6세를 위해 지은 건물이다. 반선은 열하에서 조선 사신 일행과 만났다. 연암이 「찰십륜포」 「반선시말」에 기록했던 인물이다. 그는 9월 초 열하에서 북경으로 와서 이곳에서 설법과 강의를 하다가 3개월 후 천연두로 사망했다고 한다.

법륜전 뒤가 옹화궁에서 가장 규모가 큰 건물인 만복각(萬福閣)이다. 만복각은 30미터의 3층 목조건물로 좌로는 연수각, 우로는 영강각의 2층 건물이 비랑(연결다리)으로 된 독특한 건물이다. 만복각의 미륵불은 지하에 묻힌 8미터와 지상 18미터를 합쳐 총 26미터에 이르는 거대한 불상이다. 황금으로 도금을 했기에 연암은 금부처로 묘사했다. 당시 7대 달라이라마가 티베트 지역 반란을 진압해준 보답으로 건륭제에게 백단목(白檀木)을 선물했는데 그 통나무에 그대로 조각한 불상이 거불(巨佛)이다. 불상을 만들기 위해 백단나무를 히말라야산-티베트-사천성-양자강-대운하-북경까지 운반하는 데만 3년이 걸렸다고 한다. 만복각 앞에는 피어오르는 향불과 연기 속에서 엎드려 절하는 사람들을 거대한 불상이 무연히 내려다보고 있다. 부릅뜬 눈알이 위압적이다.

그 외 부속 건물 중에서 티베트 불교의 특성을 가장 잘 드러낸 곳이 옹화전 동쪽에 있는 밀종전(密宗殿)이다. 밀종전에는 소의 얼굴에 사람의 형상을 한 '바즈라바이라바'가 있다. 바즈라바이라바는 히말라야 산신으로 티베트와 불법의 수호신이다. "죽음의 신인 야마가 티베트 지방을 휩쓸자 사람들은 문수보살에게 기도를 했고, 문수보살이 바즈라바이라바의 모습으로 나타나 야마를 굴복시키고 지옥의 신으로 만들었다."고 한다.

옹화궁을 나오자 7월의 뜨거운 햇살로 인해 앞이 먹먹했다. 옹화궁 만복각의 거대불상과 열하에서 봤던 반선라마 6세의 모습이 겹쳐졌다. 티베트에서 온 불교의 화신들은 무엇인가. 옹화궁에서 카메라 셔터를 누르고 감탄을 뱉어낸 시간은 무엇인가. 역사와 종교는 영원한가. 영원하다는 것은 관념인가, 실체인가. '영원한 것은 없다. 순간만이 영원하다.'라고 중얼거리자 머리가 뜨거워지기 시작했다.

만수산

연암이 「황도기략」에서 말한 만수산(萬壽山)은 명나라 때에는 만세산(萬歲山), 청나라 때는 경산(景山)으로 불렀다. 지금은 경산공원이다. 경산공원은 자금성의 북문인 신무문 건너편에 있다. 나는 3차 기행 때 이곳을 찾았다. 신무문 지하도에서 가방 검색을 받은 후에야 경산공원으로 들어갔다. 길을 잃어버린 일행을 기다리느라 경산공원 기망루 앞 나무 그늘에서 잠시 쉬었다. 경산공원 정상은 가운데 계단으로 오르면 20분 정도 걸린다. 경산 높이는 45미터이며 꼭대기에는 만춘정(万春亭)이란 누각이 있다. 만춘정은 건륭 15년(1750)에 세웠다. 누각에서 서면 북경 시내가 한눈에 보인다. 이곳에서 보아야 자금성 풍경을 한눈에 넣는다.

경산은 인공산이다. 요나라 때 북해공원을 별궁으로 조성했는데 북해 호수에서 파낸 흙으로 경산의 기초를 다졌다. 원나라부터 명·청대까지 경산은 황실 정원으로 이용되었다. 오늘날의 경산은 명나라 때 자금성을 만들면서 호성하(해자)에서 파낸 흙을 이곳에

만춘정(위)과
기망루(아래)

옮겨 조성했다. 경산을 연암은 만수산이라 기록했다.

> 태액지를 파고 나서 그 흙으로 만든 산이 만수산인데, 매산(煤
> 山)이라고도 부른다. 산 위에는 삼층 처마로 된 전각이 있고, 전
> 각에는 네 개의 법륜간(法輪竿)이 세워져 있다. 명나라 마지막
> 황제 의종(毅宗) 숭정제(崇禎帝)가 사직을 위해 목숨을 끊은 곳이
> 바로 여기이다.
>
> ―「황도기략(皇圖記略)」에서

동쪽 기슭에 '명사종순국처(明思宗殉国处)'라고 새긴 비석이 있다.
1644년 이자성이 이끈 농민군이 북경을 공격해 오자 명나라 관군
과 조정 대신들은 모두 도망갔다. 숭정제는 자금성 북문을 나와 경
산에 와서 "짐은 나약하고 덕이 부족해서 하늘의 노여움을 샀다. 폭

만춘정에서 본 자금성

도들이 수도를 점령했건만 조정의 대신들은 모두 나를 기만했다. 죽어서도 조상을 볼 낯이 없어 머리카락을 풀어헤쳐 얼굴을 가리노라. 폭도들이여 내 몸은 갈기갈기 찢어도 좋으니, 선조들의 묘를 훼손하지 말고, 백성들만은 그 누구도 다치게 하지 마라."란 유언을 남기고 홰나무에 목을 매고 자살했다. 문화혁명 때 홍위병에 의해서 이 홰나무가 베어졌으나 1980년대 새로 심었다고 한다.

3차 기행 3일째인 7월 여름 맑은 날, 경산 정상에서 보는 자금성은 북문인 신무문의 황금빛 지붕을 따라 곤녕궁, 건청궁, 교태전, 보화전, 중화전, 태화전, 태화문, 오문 등이 일렬로 줄지어 섰다. 이 중심축 건물 좌우에는 수많은 유리기와 지붕들이 둘러싸고 있다. 경산의 정상인 만춘정에 서야 비로소 보이는 풍광이다. 사람들은 자금성에 들어가면 황금빛 지붕과 붉은색 벽의 위세에 눌려 나오는 길을 찾아 앞만 보고 가다가 허둥지둥 빠져나오기에 급급하다. 왜 그런지, 경산의 만춘정에 서보면 그 까닭을 안다.

태액지

태액지(太液池)는 천여 년의 역사를 지닌 중국 황실 정원으로 9세기 요나라 시대부터 조성되었다. 호수에는 북해대교가 길게 놓였다. 이 다리 북쪽은 북해(北海), 남쪽은 중해(中海)라 부른다. 북해대교는 청나라 때 금오교라 불렀다. 지금의 북해대교는 왕복 3차선으로 확장되었다. 명나라 때 중해의 아래쪽에 남해(南海)를 만들었다. 오늘날 북해는 공원으로 개방되었지만, 중남해는 1949년 중국 국가 지도자의 거주지로 지정되면서 일반 시민은 들어갈 수 없다.

태액지는 북경 자금성 서북쪽에 있다. 우리는 경산의 만춘정에서 내려와 백탑(白塔)을 보면서 북해공원 동문으로 입장했다. 조금 들어가니 백탑이 보였다. 백탑으로 올라가는 계단 앞에서 사진을 찍은 우리는 뜨거운 날씨에 지쳐 수양버드나무가 늘어진 호숫가의 도로를 따라 오룡정 쪽으로 걸어갔다.

청나라 3대 순치제(順治帝) 8년(1651), 경화도 광한전이 있던 자리에 백탑을 세웠다. 이후 이곳은 청나라 황제가의 티베트 불교사원

구룡벽

으로 이용되었다. 건륭제 때 경화도는 남방의 형태로 조성되면서
예술적인 분위기가 어우러진 정원이 되었다. 북해공원의 상징물인
경화도는 백탑을 중심으로 동서남북의 경관이 다른 모습이다. 경화
(瓊華)는 신선이 산다고 하는 봉래산에 피는 꽃으로 불로불사의 선
약을 뜻한다. 이 경화도를 연암은 「경화도」에서, "태액지 복판에 있
는 섬을 경화라고 부른다. 세상에 전하는 이야기에 의하면, '요 태
후(遼太后)가 화장하던 대(臺)이다.'라 하고, 원 순제(元順帝)는 영영
(英英)을 위해서 채방관(采芳館)을 이곳에 짓고 섬까지 돌다리를 걸
쳐놓았는데, 제도는 금오교와 같았다."라고 했다. 경화도에는 영안
사를 비롯한 많은 건축물이 있지만 우리는 모두 볼 시간이 없어 연
암을 비롯한 조선 사신들이 자주 찾았던 오룡정(五龍亭)과 구룡벽(九
龍壁)으로 향했다.

　구룡벽은 가림벽이다. 중국 3대 구룡벽은 북경의 자금성 구룡벽, 북경의 북해공원 구룡벽, 산서성의 대동 구룡벽을 말한다. 세 개의 구룡벽 중 가장 크고 오래된 것은 대동 구룡벽이지만 예술적이나 정교함은 북해공원 구룡벽이 앞선다. 이 구룡벽은 앞뒤 벽면에 각 아홉 마리의 용이 양각되어 있다. 지붕 용마루와 처마 기왓장 등 곳곳에 작은 용들이 숱하게 보인다. 모두 635마리라 한다. 구룡벽 높이는 5미터, 길이는 27미터이다. 구룡벽을 바라보고 있으면 눈이 부시다 못해 눈앞이 캄캄해진다.

　구룡벽에서 오룡정까지 10분 정도 걸린다. 오룡정은 연암이 자주 찾던 곳이다. 연암은 「황도기략」에서, "태액지 뚝에서 서남으로 향하여 물가에 서 있는 채색 정자 다섯 채가 있는데, 따로 부르기를 징상(澄祥)·자향(滋香)·용택(龍澤)·용서(湧瑞)·부취(浮翠)라 하고,

통틀어서 오룡정이라 부른다. 맑은 물결 만경(萬頃)에 금벽 단청의 그림자가 어른거릴 제 멀리 바라다뵈는 금오교(金鰲橋) 위의 수레와 말, 행인들이 까마득하게 신선이 살고 있는 곳같이 보였다."라고 했다. 오룡정은 가운데 정자가 가장 크고 높으며 지붕도 2층 원형이다. 중앙정은 단청과 천장 무늬도 다른 정자에 비해 화려하고 용이 그려졌다. 다른 정자는 사각 지붕이고 단계적으로 2층 누각에서 단층 누각으로 서열화되었다. 현재는 오룡정 뒤편 현대식 건물이 오히려 오룡정을 압도한다. 마치 현대생활에 지쳐 오룡정 아래 너부러져 잠든 사람들의 모습과 같다. 주변 건물 탓에 오룡정은 옛 풍취가 사라졌다.

태액지는 조선 사신들에게서 이국 문화를 탐색하면서 교류했던 곳이었다. 지금은 북경 시민들에게는 휴식처, 외국인에게는 관광지로 바뀌었다.

천단
— 기년전

3차 기행 때에야 비로소 나는 천단(天壇)에 갔다. 북경성의 지도를 보면 천단은 외성의 남쪽 영정문 안에 있다. 천단의 전체 면적은 273만 제곱미터로 자금성의 네 배이다. 바깥 담장 길이만 6.5킬로미터이다. 오늘날 천단은 공원으로 전체를 대략 구경하는 데도 하루가 걸린다. 천단공원의 주요 건축물은 별도의 담장으로 가려놓았다. 외국인이 입장하려면 공원 이용권과 주요 건물을 관람할 수 있는 표를 따로 사야 한다. 공원 입장은 아침 6시부터지만 주요 건물 관람은 8시부터이다. 공원 이용권은 문표(門標)라 하는데 15위안이고, 주요 건축물 관람권은 경점표(景点票)인데 20위안이다. 우리는 문표와 경점표를 두 개를 사서 천단공원 내의 천년 고목을 보면서 회랑을 따라 기년전(祈年殿)으로 갔다. 많은 사람이 동서남북에서 기년전 계단을 밟고 오른다. 기년전은 세 개의 원형 지붕을 하얀 대리석 기둥과 단이 호위하고 있는 모양새다. 나는 사진을 몇 장 찍은 후 기년전 내에 있는 천단 박물관에 들렀다. 그곳에서 관람한 것과

천단 기년전

다른 자료를 합쳐 천단에 관한 정보를 요약했다.

명나라 영락 18년(1420년)에 만들어진 천단은 명·청대의 황제가 해마다 풍년을 기원하며 하늘, 땅, 해, 달에게 제사를 지내던 곳이다. 천단의 건축물들은 노란색 유리기와와 붉은색의 성벽으로 되어 있다. 천단은 고궁을 중심으로 남쪽에는 천단·원구단·황궁우가, 북쪽에는 지단·기년전·황건전, 동쪽에는 일단, 서쪽에는 월단 등이 있다. 본래 천단은 제천의식을 행하던 '환구(圜丘)'와 풍년을 기원하던 '기곡(祈穀)'의 두 단을 합쳐 이르는 이름이다. 그러므로 천단의 주요 건축물은 '원구단'과 '기년전'이다.

고대 중국인의 우주관은 땅은 네모나고 하늘은 둥글다고 여겼다. 그래서 기년전의 남쪽 담은 땅을 상징하는 사각형이고, 북쪽 담은 하늘을 상징하는 반원형이다. 기년전은 대들보와 서까래 없이

28개의 기둥으로만 세워졌다. 높이는 9장 9척(38미터)인데, 9는 가장 큰 홀수로 하늘과 황제를 의미한다. 3층의 푸른 유리기와 지붕은 하늘을 상징하는데 아래부터 청·황·녹의 3색이다. 3색 지붕은 하늘·황제·백성을 의미한다. 중앙의 '용정주'는 1년 사계절을, 가운데 열두 개의 기둥은 12개월, 바깥쪽 열두 개 기둥은 12시진(두 시간 간격), 내외 처마기둥 스물네 개는 24절기를 각각 상징한다.

연암은 「황도기략」에서, "천단은 외성(外城)의 영정문(永定門) 안에 있다. 담장 둘레가 거의 십 리에 가깝고, 담장 아래는 세 층계로 되어 있으며, 그 위에서 말이라도 달릴 수 있게 되어 있다. 그 안이 동짓날 하늘에 제사를 올리는 원구(圓邱)이다."라고 기록했다. 이 설명은 원구단에 대한 것이다. 연암은 기곡단의 중심 건물인 기년전에 관해서는 언급하지 않았다. 연암은 천단을 직접 방문하지 않았다. 그 근거는 이렇다. 황제가 하늘에 제사 지내는 천단은 당시 아무나 들어갈 수 없는 출입 통제 구역이었다. 그리고 조선 사신 일행 중 천단 내에 들어간 사람은 아무도 없다. 그러므로 연암의 기록은 자신이 수집한 자료를 바탕으로 작성되었다는 것을 알 수 있다.

나는 사람들 틈에 끼여 기년전 내부를 본 후에 내려와 기년전 원단을 따라 세 바퀴를 돌려다 두 바퀴만 돌았다. 나는 황제가 아니고 황제가 되기를 꿈꾼 적도 없기에 황색 길은 돌지 않았다. 그래서 원형 지붕이 상징하는 녹색인 백성의 길을 따라 한 번 걷고, 청색인 하늘의 길을 또 한 번을 돌았다. 백성으로 걷는 길은 땅에서 해야 할 일이고, 하늘로 가는 길은 하늘이 하는 일이다. 기년전 주변을 돌면서 나는 삶과 죽음의 길이 그렇다고 생각했다.

자금성

북경성은 자금성(紫禁城)과 황성, 내성과 외성으로 나눈다. 이것을 세분하여 살펴보면 자금성은 내성 중앙에 자리 잡은 성으로 오문(남문), 신무문(북문), 동화문(동문), 서화문(서문)이 있다.

황성은 대청문(남문), 천안문(중문), 지안문(북문), 동안문(동문), 서안문(서문), 천안문 동쪽 동장안문, 천안문 서쪽 서장안문 등 일곱 개의 문으로 통과하는 구역으로 자금성을 둘러싸고 있다.

내성은 옛 문헌에서 '북경성'으로 지칭되는 성이다. 내성은 황성의 외곽을 이루며 남쪽에는 선무문 · 정양문(중앙) · 숭문문, 북쪽에는 덕승문 · 안정문, 동쪽에는 동직문 · 조양문, 서쪽에는 서직문 · 부성문 등 아홉 개의 문이 있다.

외성은 내성이 완성되고 130년 지나 1550년에 축성 완공되었다. 남쪽에는 우인문 · 영정문 · 정인문, 동쪽에는 동편문 · 광거문, 서쪽에는 서편문 · 광녕문 등 일곱 개의 문이 있다.

자금성은 명 · 청의 역사를 대표하는, 현존하는 중국 최대 규모의 고건축물이다. 춘추전국 시대에 연나라의 수도였던 북경이 중국 역사에서 중심 도시로 등장하게 된 것은 거란족이 세운 요나라가 수도를 정하고부터이다. 그 후 원나라가 수도로 삼아 대도성을 건설하여 통치함으로써 자금성이 탄생했다.

지금의 자금성을 세운 사람은 명나라 3대 황제인 영락제이다. 그는 중국 역사상 뛰어난 황제 중 한 사람으로 꼽는다. 영락제는 홍무제의 넷째 아들로 조카인 건문제를 죽이고 황제의 자리에 올라, 수도를 북경으로 옮기고 자금성을 건설했다. 자금성은 그의 재위 6년(1408)에 건설을 시작하여 13년 후(1421)에 완공되었다. 북경이란 지명도 이때부터 사용되어 오늘날까지 부르고 있다. 청나라가 지배하면서 명·청 시대의 궁궐로 중국을 통치하는 장소로 자리매김했다. 특히 청 4대 황제인 강희제와 5대 옹정제, 6대 건륭제의 통치 기간에 자금성은 수리와 복원을 통해 중국 역사의 중심에 서게 되었다. 이후 1911년 신해혁명으로 인해 청나라가 멸망함으로써 자금성은 개방되었다.

자금성(紫禁城)은 북극성의 빛깔인 붉은색이 감돈다 하여 '자(紫)' 색과 일반 백성이나 신하들이 함부로 접근할 수 없는 구역이라는 '금(禁)'을 합친 말이다. 자금성은 몇 겹의 거대한 성벽과 성벽 바깥 여러 사원과 공원으로 싸여 있다. 자금성의 넓이는 72만여 평방미터, 남북 길이는 961미터, 동서 폭은 753미터이다. 궁실의 방은 실제 8,886칸, 담의 높이는 10미터, 성벽 두께는 7.5미터, 둘레 길이는 3,428미터이다.

주요 건물과 배치는 남쪽 정문인 오문으로부터 일직선으로 전삼

자금성 태화전

전(前三殿)인 삼대전(三大殿)과 후삼궁(後三宮)을 거쳐 북문인 신무문
으로 배열되어 있다. 황제가 의전, 의식 등 행사를 집행하는 공식
장소인 전삼전과 황제가 정무를 보면서 가족, 궁녀, 환관들과 일상
생활을 하던 후삼궁이 좌우 대칭적으로 배치되어 조화를 이룬다.
삼대전은 태화전, 중화전, 보화전이 직렬로 늘어섰다. 삼대전 가운
데 가장 뛰어난 건축물은 태화전(太和殿)인데, 8미터 높이의 석대 위
에 세워졌다. 동서 길이 64미터, 남북 길이 37미터, 높이 27미터로
중국에 현존하는 목조 건축물 가운데 최대이다. 후삼궁은 건청궁,
교태전, 곤녕궁으로 내정에는 어화원이라는 정원이 있다.
　자금성 가운데 조선과 관련 있는 곳으로 후삼궁 내정에 있는 '동
궁'이 있다. 후궁으로 온 조선 여인이 기거했던 곳이다. 또 다른 곳
은 출입문인 오문을 지나 태화문 입구 오른쪽에는 있는 '문연각'인

데, 병자호란 때 볼모로 잡혀온 소현세자가 이곳에서 머물렀다.

　자금성은 현재 '고궁(故宮)' 또는 '고궁박물관'이라 불리며 1925년 일반인에게 개방되었고, 1987년 유네스코 세계문화유산으로 지정되었다.

제4부

열하에서 길 찾기

이별론

나는 이내 말 등에서 생각하였다. 인간의 가장 괴로운 일은 이별이요, 이별 중에서도 생이별보다 괴로운 것은 없을 것이다. 대저 저 하나는 살고 또 하나는 죽고 하는 그 순간의 이별이야 구태여 괴로움이라 할 것이 못 된다. 왜냐하면, 예로부터 인자한 아버지와 효성스러운 아들, 믿음 있는 남편과 아름다운 아내, 정의로운 임금과 충성스러운 신하, 피로 맺은 벗과 마음 통하는 친구들이 그의 역책(易簀, 스승의 운명)할 때에 마지막 교훈을 받들거나 또는 궤석(几席, 책상)에 기대어 말명(末命, 목숨이 다함)을 받을 즈음, 서로 손을 잡고 눈물지으며 뒷일을 간곡히 부탁함은 천하의 부자·부부·군신·붕우가 다 한가지로 겪는 바이요, 이 세상 사람의 인자와 효도, 믿음과 아름다움, 정의와 충성, 혈성(血誠, 참됨 마음의 정성)과 지기(知己)에 솟아나는 정리는 한결같을 것이다. 이것이 사람마다 한결같이 솟는 정이라면 이 일은 곧 천하의 순리일 것이다.

그 순리를 행함에 있어서 '삼 년 동안 아버지의 도를 고치지 말라'(『논어』「학이」편) 하였고, 또는 구원(九原, 하늘)에서 다시 살려 일으켰으면 함(『예기』에 나오는 조문자(趙文子)의 말)에 불과하였고, 살아남은 자의 괴로움을 논한다면 부모를 따라 죽으려는 이, 아들을 여의고 눈이 먼 이(공자의 제자 자하), 분(盆, 밥 짓는 그릇)을 두들기며 노래 부른 이(장자), 거문고 시위를 끊은 이(백아, 열자(列子) 탕문편에 나오는 고사로 백아절현(伯牙絶絃)이라고 함), 숯을 머금고 벙어리가 된 이(예양(豫讓), 지백(智伯)의 원수를 갚고자 함), 슬피 울어 성을 무너뜨린 이(맹강녀)들도 있거니와, 나랏일을 위하여 몸이 망쳐져 죽은 뒤에야 그만한 이(제갈량(諸葛亮))도 없지 않으나 모두 죽은 이에겐 아무런 관계가 없을 것인즉, 역시 그들에게 괴로움이 없을 것이다. 그리고 천고에 임금과 신하 사이로는 반드시 부견(符堅, 전진(前秦)의 왕)과 왕경략(王景略, 부견의 신하), 당 태종과 위문정(魏文貞, 당 태종의 신하)이라 일컫으나 나는 아직 왕경략을 위하여 (전진의 왕 부견이) 눈이 멀고 위문정을 위하여 (당 태종이) 시위를 끊었다는 말을 듣지 못하였노라. 오히려 무덤에 풀이 어울리기 전에 그 채찍을 던지고(부견이 죽은 왕경략 시체를 파내 매질을 했다고 함) 그 비(碑)를 넘어뜨려 구원(九原)에 깊이 간직한 사람에게 부끄러운 바가 있었으며(당 태종이 위 문정의 비석을 쓰러뜨린 일), 이로써 보면 살아남은 자로서 괴로움을 느끼지 못한 이도 없지 않으리라. 또 세상 사람이 흔히들 사생의 즈음(죽고 사는 것)에 대하여 너그럽게 위안하는 말로, "순리로 지냄이 옳지." 한다. 그 순리로 지낸다는 말은 곧 이치를 따르라는 말이다. 만일 그 이치를 따를 줄 안다면 이 세상에는 벌써 괴로움이란 없을 것이다. 그러므로 나는, "하나는 살고 또 하나는 죽고 하는 그 순간의 이별이야 구태여 괴로움이라 할 것이 못 된다."라고 하는 것이다. 그러므로 이별의 괴로움은 하나는 가고 하나는 떨어지는 때의 괴로움보다 더함이 없을 것

이다. 대개 이러한 이별에 있어서 벌써 그 땅이 그 괴로움을 돋
우는 것이니, 그 땅이란 정자(亭子)도 아니며, 누각(樓閣)도 아니
고, 산도 아니며 들판도 아니요, 다만 물을 만나야 격에 어울리
는 것이다.

—「막북행정록」8월 5일에서

1차 기행 4일째 새벽, 우리는 북경서역에 도착했다. 전날 섬서성
대동(大同)에서 현공사와 운강석굴을 둘러본 다음 밤 기차를 타고 8
시간이 걸려 북경으로 돌아왔다. 북경서역 간이식당에서 죽과 만
두, 빵으로 아침을 때우고 곧바로 열하로 출발했다. 밤 기차를 타고
온 때문인지 다들 이동하는 차에서 잠들었지만 나는 그렇지 못했
다. 30년 전부터 꿈꾸어온 열하를 간다고 생각하니 가슴이 온통 별
밭이 되었다.

1780년 8월 5일, 조선 사신 일행은 건륭제의 부름을 받고 부랴부
랴 열하로 떠난다. 건륭제 칠순에 맞추어 가고자 총 281명의 인원
중 부사와 역관을 비롯한 74명만이 열하로 향한다. 이때 연암은 열
하행을 망설였다. 그것은 두 가지 이유 때문이었다. 첫째는 북경에
도착하여 피로가 아직 풀리지 않았고, 둘째는 만약 황제가 열하에
서 곧장 조선으로 돌아가라 명하면 북경 유람을 할 수 없게 될까 봐
걱정되어서였다. 그러면 평생에 한 번 올까 말까 한 중국에서 북경
을 제대로 구경하지 못하게 되면 천추의 한이 될까 두려워서였다.
이 순간 연암을 채찍질하여 열하로 가게 한 사람은 정사 박명원이
었다. 열하행을 망설이는 연암에게 그는 단호하게 말한다. "너의 이

번참 연경(북경) 만 리 걸음은 유람 때문이 아닌가? 열하는 전에 왔던 사람들이 아직 누구도 구경을 못 한 곳으로 만약에 고국으로 돌아가 누가 열하를 물을 때는 무어라고 대답할 터인가? 황성(북경)은 많은 사람이 본 데이지만 이번 걸음으로 말한다면 다시없는 좋은 기회니 꼭 가야 한다." 박명원의 강권이 연암에게 『열하일기』를 낳게 한 결정적인 계기가 되었다.

조선 사신 일행은 숙소인 서관에서 나와 자금성을 끼고 지안문을 지나 고루에서 오른쪽으로 틀어 곧장 동직문으로 향했다. 동직문 밖에서 연암을 시중드는 장복이 말잡이 창대 손을 잡고 통곡을 한다. 이 장면에서 연암의 '이별론'의 사유가 흘러 나왔다.

연암의 '이별론'은 인생에서 가장 고통스러운 일은 생이별이며 사별(死別)은 생이별에 비하면 고통스러운 일이 못 된다는 주장을 먼저 제시한다. 이어 연암은 생이별이 사별보다 더 고통인 근거로 『사기』와 『예기』에 나오는 고사를 예로 든다. 계속해서 연암은 이별의 장소에는 '곳'과 '때'가 있는데, 그러한 장소로 물가에서 생이별할 때가 인생에서 가장 괴로운 일이라고 말한다. 그 예로 강가에서 이별을 노래한 시를 들면서, 우리나라 민요인 〈배따라기〉가 가장 눈물 나는 곡조라 했다. 연암의 논리는 이것으로 끝나지 않는다. 물이 있는 장소만이 생이별의 괴로움이 있는 것이 아니라 이국타향에서는 어느 장소든지 이별의 고통을 느낀다고 말한다. 그러면서 병자호란 때 볼모로 잡혀 8년 동안 인질 생활을 하면서 겪은 소현세자의 생이별, 그 뼈아픈 고통을 역설한다.

연암의 이별론은 개인에서 역사와 민족의 문제로 확대되면서 이국 타향에 남겨진 소현세자가 겪은 생이별이야말로 가장 통곡할 순간이며, 우리나라로서는 상하 없이 통분을 참을 수 없었던 '때'라는 결론을 맺는다. 연암의 이별론은 어조와 논리가 마치 파도가 몰려오는 듯이 같은 구문을 반복하면서 설득력을 높인다.

연암의 이별론은 '인식의 상대성'에서 비롯되었다. 상대방의 처지에서 생각하는 관점은 세상살이에서 갖추어야 할 중요한 덕목이다. 그것은 사람과 사물을 판단할 때 선입견에 좌우되지 않는 사고를 갖게 한다. '인식의 상대성'은 자기중심적 사고에서 개방적 사유로의 전환을 유도한다. 밀운성 밖에서 한밤중 잠시 머문 집 주인 소씨의 입장에서 조선인을 말하고 있는 대목에서도 인식의 상대성이 드러난다.

> 이른바 조선 사람이라고는 이곳에 온 일이 없으므로 북로(北路, 북방)에서는 처음 보니, 그들은 안남(베트남) 사람인지 일본 사람인지 유구(일본 오키나와)·섬라(태국) 사람인지 분간하지 못했을 것이다. 뿐만 아니라, 그의 쓴 모자는 둥근 테가 몹시 넓어서 머리 위에 검은 우산을 쓴 것 같으니, 이는 처음 보는 것이라, '이 무슨 갓일까 이상하다' 했을 것이며, 그 입은 도포는 소매가 몹시 넓어서 너풀거리는 품이 마치 춤추는 듯하니, 이 또한 처음 보는 것이라, '이 무슨 옷이랴, 이상한 지고' 했을 것이요, 그 말소리도 혹은 '남남' 하고 혹은 '니니' 또는 '각각' 하니 이 역시 처음 듣는 소리라, '이 무슨 소리랴, 야릇한 지고' 했을 것이다."
>
> —「막북행정록」 8월 6일에서

밀운수고에서 보낸 편지

연암 선생님께

선생님이 계신 하늘나라는 평안하신지요.

저는 선생님께서 간 연행 길을 따라나선 후학 문영입니다. 기행이라는 명목으로 열하 가는 길을 따라나섰지만, 사실 그저 스쳐 지나갔을 뿐입니다. 선생께서 나흘 동안 사투를 벌이며 간 열하 길은 현재 북경에서 고속도로로 가면 세 시간 정도밖에 걸리지 않습니다. 선생께서 첫째 날, 출발하면서 돌아 나오던 자금성은 관광 인파로, '이별론'을 펼쳤던 동직문 거리는 자동차로 넘칩니다. 옛 동직문은 지금은 사라지고 없습니다. 둘째 날, 말잡이 창대가 말발굽에 밟혔던 백하(白河)는 밀운현 아파트 사이로 흐르고 있습니다. 생각나실 것입니다. 바로 여기서 회자(중동 회교) 사람을 만났죠. 그날 비가 많이 내려 강을 건너는 데 애를 먹었죠. 셋째 날, 조선 사신 일행은 목가곡에서 아침을 먹었죠. 그날 말잡이 창대는 말에게 발을 밟혀 탈것에 얹혀 따라왔지요. 그런데 선생께서 지나간 목가곡과 석갑성 마을은 대부분 물에 잠겼습니다. 북경 시민들의 식수원인 밀운수고(密雲水庫, 저수지)를 건설한 때문입니다.

선생께서 그토록 힘들게 갔던 길을 우리는 버스를 타고 한 시간 만에 밀운수고 쪽으로 왔습니다. 101번 국도는 회유를 지나 밀운으로 뻗어 있습니다. 조선 사신 일행이 간 밀고로(密古路, 밀운 옛길)는 국도에서 좌측으로 방향을 틀어 밀운수고 속으로 들어가버렸습니다. 그 길은 호수 속에 잠겨 온갖 생각을 자아내게 했습니다.

우리나라에서 아이와 어른들이 어울려 공감하고 소통할 수 있는 글이 선생님의 작품이라고 생각합니다. 왜냐하면, 우리나라 중고등학교 교과서에는 『열하일기』에 나오는 소설 「허생전」 「호질」과 수필 「일야구도하기」 「한바탕 울 만한 자리」 등이 실려 있기 때문입니다. 우리나라에서 교육을 받은 사람은 한 번씩은 선생의 글을 읽고 성장합니다. 그 글은 보고 듣고 겪은 일을 쉽고 명료하게 표현했습니다. 나이가 들어서 읽어도 사물과 삶을 통찰하는 안목에 감탄합니다. 그중에서도 특히 「일야구도하기」야말로 남녀노소 누구나 함께 이야기할 수 있는 글입니다.

선생님은 이 글에서 바깥 사물이 항상 눈과 귀에 탈이 되어 바르게 보고 듣는 것을 잃게 만든다고 말했습니다. 이 말은 겉으로 드러난 현상만을 보고 판단하지 말고 본질을 파악하라는 뜻이겠죠. 그러나 "현상 없는 본질이 어디 있습니까?"라고 질문을 던진다면, 선생님은 마음으로 느끼고 파악하라고 말하겠지요. "어떻게 마음으로 느끼고 파악해야 합니까?"라고 되묻는다면, 눈과 귀에 집착하면 탈이 되니 낮에 물을 건너는 시각장애인이 위태로움을 모르듯이 '눈을 감고 보라'고 말할 듯합니다. "그렇다면 하룻밤 아홉 번 강을 건넌 그 비결은 무엇입니까?"라고 우리가 다시 묻는다면, "그것은 귀를 막고 듣는 것"이라고 말하겠죠.

의문과 답이 열하의 길이 되어 우리를 당깁니다. 밀운수고가 멀어집니다. 아득하여 꿈속을 가는 듯합니다. 어느덧 우리가 탄 버스는 선생님이 글씨를 남겼다는 고북구 준령으로 다가갑니다. 만리장성이 꿈틀댑니다. 마음이 앞섭니다. 장성 벽이 이마에 와 닿습니다. 눈앞이 캄캄해집니다. 장성을 넘어 열하로 간다고 울렁대는 설렘을 누르면서 두서없이 몇 자의 소식을 바람 편에 부칩니다.

하늘에서도 늘 평안하시길 빕니다.

정해년(丁亥年) 늦여름
소졸(小拙)한 글쟁이 문영 배상(拜上)

「일야구도하기」

　하수(강물)는 두 산 틈에서 나와 돌과 부딪쳐 싸우며 그 놀란 파도와 성난 물머리와 우는 여울과 노한 물결과 슬픈 곡조와 원망하는 소리가 굽이쳐 돌면서, 우는 듯, 소리치는 듯, 바쁘게 호령하는 듯, 항상 장성을 깨뜨릴 형세가 있어, 전차(戰車) 만 승(萬乘, 만 대)과 전기(戰騎, 전투 기병) 만 대(萬隊)나 전포(戰砲) 만 가(萬架, 만 문)와 전고(戰鼓) 만 좌(萬座, 만 개)로서는 그 무너뜨리고 내뿜는 소리를 족히 형용할 수 없을 것이다. 모래 위에 큰 돌은 흘연(屹然)히 떨어져 섰고, 강 언덕에 버드나무는 어둡고 컴컴하여 물지킴과 하수 귀신이 다투어 나와서 사람을 놀리는 듯한데 좌우의 교리(蛟螭, 이무기)가 붙들려고 애쓰는 듯싶었다. 혹은 말하기를,

　"여기는 옛 전쟁터이므로 강물이 저같이 우는 거야."

　하지만 이는 그런 것이 아니니, 강물 소리는 듣기 여하에 달렸을 것이다. 산중의 내 집 문 앞에는 큰 시내가 있어 매양 여름철이 되어 큰비가 한 번 지나가면, 시냇물이 갑자기 불어서 항상 거기(車騎, 전차와 전투 기병)와 포고(砲鼓, 대포와 북)의 소리를

조하와 장성

들게 되어 드디어 귀에 젖어버렸다.

　내가 일찍이 문을 닫고 누워서 소리 종류를 비교해보니, 깊은 소나무가 퉁소 소리를 내는 것은 듣는 이가 청아한 탓이요, 산이 찢어지고 언덕이 무너지는 듯한 것은 듣는 이가 분노한 탓이요, 뭇 개구리가 다투어 우는 듯한 것은 듣는 이가 교만한 탓이요, 대피리가 수없이 우는 듯한 것은 듣는 이가 노한 탓이요, 천둥과 우레가 급한 듯한 것은 듣는 이가 놀란 탓이요, 찻물이 끓는 듯이 문무(文武)가 겸한 듯한 것은 듣는 이가 취미로운(운치가 있는) 탓이요, 거문고가 궁(宮, 낮은 소리)과 우(羽, 높은 소리)에 맞는 듯한 것은 듣는 이가 슬픈 탓이요, 종이 창에 바람이 우는 듯한 것은 듣는 이가 의심나는 탓이니, 모두 바르게 듣지 못하고 특히 흉중에 먹은 뜻을 가지고 귀에 들리는 대로 소리를 만든 것이다. 지금 나는 밤중에 한 강을 아홉 번 건넜다. 강은 새외(塞

外, 북쪽 변방)로부터 나와서 장성을 뚫고 유하(楡河)와 조하(潮河)·황화(黃花)·진천(鎭川) 등 모든 물과 합쳐 밀운성 밑을 거쳐 백하(白河)가 되었다. 나는 어제 두 번째 배로 백하를 건넜는데, 이것은 하류(下流)였다.

내가 아직 요동에 들어오지 못했을 때 바야흐로 한여름이라, 뜨거운 볕 밑을 가노라니 홀연 큰 강이 앞에 당하는데 붉은 물결이 산같이 일어나 끝을 볼 수 없으니, 이것은 대개 천 리 밖에서 폭우(暴雨)가 온 것이다. 물을 건널 때는 사람들이 모두 머리를 우러러 하늘을 보는데, 나는 생각하기에 사람들이 머리를 들고 쳐다보는 것은 하늘에 묵도(默禱)하는 것인 줄 알았더니 나중에 알고 보니, 물을 건너는 사람들이 물이 돌아 탕탕이 흐르는 것을 보면, 자기 몸은 물을 거슬러 올라가는 것 같고, 눈은 강물과 함께 따라 내려가는 것 같아서 갑자기 현기(현기증)가 나면서 물에 빠지는 것이기 때문에 그들이 머리를 우러러보는 것은 하늘에 비는 것이 아니라, 물을 피하여 보지 않으려 함이다. 또한, 어느 겨를에 잠깐 동안 목숨을 위하여 기도할 수 있으랴. 그 위험함이 이와 같으니, 물소리도 듣지 못하고 모두 말하기를,

"요동들은 평평하고 넓기 때문에 물소리가 크게 울지 않는 거야."

하지만 이것은 물을 알지 못하는 것이다. 요하(遼河)가 일찍이 울지 않는 것이 아니라 특히 밤에 건너보지 않은 때문이니, 낮에는 눈으로 물을 볼 수 있으므로 눈이 오로지 위험한 데만 보느라고 도리어 눈이 있는 것을 걱정하는 판인데, 다시 들리는 소리가 있을 것인가. 지금 나는 밤중에 물을 건너는지라 눈으로는 위험한 것을 볼 수 없으니, 위험은 오로지 듣는 데만 있어 바야흐로 귀가 무서워하여 걱정을 이기지 못하는 것이다.

나는 이제야 도(道)를 알았도다. 마음이 어두운 자는 귀와 눈이 누(累)가 되지 않고, 귀와 눈만을 믿는 자는 보고 듣는 것이 더욱 밝혀져서 병이 되는 것이다. 이제 내 마부가 발을 말굽에 밟혀서 뒤에 오는 수레에 실리었으므로, 나는 드디어 혼자 고삐를 늦추어 강에 띄우고 무릎을 구부려 발을 모으고 안장 위에 앉았으니, 한 번 떨어지면 강이나 물로 땅을 삼고, 물로 옷을 삼으며, 물로 몸을 삼고, 물로 성정을 삼으니, 이제야 내 마음은 한 번 떨어질 것을 판단한 터이므로 내 귓속에 강물 소리가 없어지고 무릇 아홉 번 건너는데도 걱정이 없어 의자 위에서 좌와(坐臥, 앉거나 누움)하고 기거(起居)하는 것 같았다.

　옛날 우(禹)는 강을 건너는데, 황룡(黃龍)이 배를 등으로 떠받치니 지극히 위험했으나 사생의 판단이 먼저 마음속에 밝고 보니, 용이거나 지렁이거나 크거나 작거나가 족히 관계될 바 없었다. 소리와 빛은 외물(外物)이니 외물이 항상 이목에 누가 되어 사람으로 하여금 똑바로 보고 듣는 것을 잃게 하는 것이 이 같거늘, 하물며 인생이 세상을 지나는데 그 험하고 위태로운 것이 강물보다 심하고, 보고 듣는 것이 문득 병이 되는 것임에랴. 나는 또 우리 산중으로 돌아가 다시 앞 시냇물 소리를 들으면서 이것을 증험해보고 몸 가지는데 교묘하고 스스로 총명한 것을 자신하는 자에게 경고하는 바이다.

―「산장잡기(山莊雜記)」에서

고북구를 넘어

고북구(古北口) 장성은 하북성 승덕시와 북경시 밀운현 경계에 있다. 북경에서 동북방으로 126킬로미터로 연암은 고북구 장성은 동으로 산해관까지는 700리고, 서로 거용관(居庸關)까지는 280리로서 이 두 개의 관(關) 중간에 자리를 잡아 장성의 험한 요지로 고북구만 한 데가 없다고 했다. 과거 몽골 침입은 고북구를 통하여 이루어졌다. 청나라 강희제는 열하에 제2의 수도를 만들어서 몽골족을 비롯한 북방 민족을 제압했기에 만리장성의 중요성이 사라졌다. 오늘날은 대개 관광을 목적으로 만리장성을 개축하고 있는데 대표적인 곳이 사람들이 많이 찾는 북경 근교 팔달령과 거용관이다. 그러나 만리장성 원래의 모습을 답사하려면 고북구 일대에 걸쳐 있는 와호산 장성, 반룡산 장성, 금산령 장성, 사마대 장성 등이 제격이다.

만리장성은 시체로 쌓은 성이다. 장성 1미터마다 한 사람의 시체가 묻혀 있다고 생각해보라. 어디 장성을 축조하면서 죽은 사람뿐

이랴. 장성에서 벌어진 전투로 죽은 사람이 또 얼마나 많겠는가. 만리장성 중에서도 북방민족과 수많은 전쟁을 치른 곳이 바로 이 고북구 일대 장성이었음에랴. 그래서 연암은 장성 관문 벽에다 글씨를 남기고 밤 풍경을 싸움터에 비유한 게 아닐까. 아울러 나이 마흔 넘어서도 변변한 벼슬도 못하고 아무런 능력도 펼칠 수 없었던 연암이 처음으로 장성 밖을 나가는 감회와 득의 어린 마음을 복합적으로 담았던 게 아닐까. 그렇기에 연암은 「야출고북구기 후지(後識)」 말미에다, "고국으로 돌아가는 날, 동리 사람들이 다투다시피 술병을 차고 나와서 위로 인사를 하며 열하 행적을 물을 적에는 이 기록을 내보여서 머리를 마주 대고 한번 읽으면서 책상을 서로 치고 좋다고 떠들어보리라."고 자긍심을 드러내었다.

고북구 장성 넘어 열하 가는 길은 평탄했다. 주변 풍경도 전형적인 농촌 지역 그대로다. 그러나 아침이 되면 내몽골 지역에서 화물 트럭이 줄을 서서 내려오면 길은 분주해진다. 석탄, 가축과 곡물을 실은 트럭이 많다. 대부분 북경 시민의 먹거리이다. 고북구 지역에는 복숭아와 자두, 대추 등이 유명하다. 우리는 연암 일행이 쉬었던 삼도량이라는 동네 부근에 차를 세우고 만주족 여성에게서 복숭아를 두 박스 샀다. 과일 값은 복숭아 한 박스에 우리나라 돈으로 3천 원 정도다. 가격은 무게 단위로 정한다. 이곳에서 산 복숭아를 이틀이 지나서야 다 먹었다. 맛이 없어서가 아니라 양이 많아서이다. 만주족 젊은 여성이 우리가 한국인이라 하니 반갑다면서 많이 준 까닭이다. 서투른 중국말로 "니 자오(안녕하세요), 신쿠러(수고하십니다)"라고 하니 "나리, 나리(별말씀을요)"라고 하며 미소를 짓는다. 연암이 한족 여성보다 만주족 여성이 더 예쁘다고 한 말이 이해된다. 그녀의 다정다감한 태도가 예쁘게 다가왔다.

도로에는 '화북(華北)'이란 번호판을 단 차량이 눈에 띄게 늘어난다. 내몽골 초원지역에서 키운 소와 돼지, 오리, 닭 등의 가축을 비롯한 채소와 과일을 싣고 북경으로 들어오는 차량들이다. 모두가 차바퀴가 터질 만큼 가득 싣고 줄을 이어 내려온다. 우리 일행은 그들과는 반대로 천천히 열하를 향하여 들어갔다.

다시 고북구에서

연경(燕京, 북경)으로부터 열하에 이르는 데는 창평(昌平)으로 돌면 서북쪽으로는 거용관(居庸關)으로 나오게 되고, 밀운(密雲)을 거치면 동북으로 고북구(古北口)로 나오게 된다. 고북구로부터 장성(長城)으로 돌아 동으로 산해관(山海關)에 이르기까지는 7백 리요, 서쪽으로 거용관에 이르기는 2백 80리로서 거용관과 산해관의 중간에 있어 장성의 험요(險要)로서는 고북구 만한 곳이 없다. 몽고가 출입하는 데는 항상 그 인후가 되는데 겹으로 된 관문을 만들어 그 요새를 누르고 있다. 나벽(羅壁, 송나라 학자)의 『지유(識遺)』에 말하기를,

"연경 북쪽 8백 리 밖에는 거용관이 있고, 관의 동쪽 2백 리 밖에는 호북구(虎北口)가 있는데, 호북구가 곧 고북구이다."

하였다. 당(唐)의 시초부터 이름을 고북구라 해서 중원 사람들은 장성 밖을 모두 구외(口外)라고 부르는데, 구외는 모두 당의 시절 해왕(奚王, 오랑캐의 추장)의 근거지로 되어 있었다. 『금사(金史)』를 상고해보면,

"그 나라 말로 유알령(留斡嶺)이 곧 고북구이다."

했으니, 대개 장성을 둘러서 구(口)라고 일컫는 데가 백으로 헤아릴 수 있을 정도다. 산을 의지해서 성을 쌓았는데, 끊어진 구렁과 깊은 시내는 입을 벌린 듯이 구멍이 뚫린 듯이 흐르는 물이 부딪쳐 뚫어지면 성을 쌓을 수 없어 정장(亭鄣, 요새같이 만들어 사람의 출입을 검열하는 곳)을 만들었다. 황명(皇明, 명나라) 홍무(洪武) 시절에 수어천호(守禦千戶, 무인 벼슬)를 두어 오중관(五重關, 5중의 관문)을 지키게 했다. 나는 무령산(霧靈山)을 돌아 배로 광형하(廣硎河)를 건너 밤중에 고북구를 빠져나가는데, 때는 밤이 이미 삼경(三更)이 되었다. 중관(重關)을 나와서 말을 장성 아래 세우고 그 높이를 헤아려 보니 10여 길이나 되었다. 필연(筆硯, 붓과 벼루)을 끄집어내어 술을 부어 먹을 갈고 성을 어루만지면서 글을 쓰되,

"건륭 45년 경자 8월 7일 밤 삼경에 조선 박지원(朴趾源)이 이곳을 지나다."

하고는, 이내 크게 웃으면서,

"나는 서생(書生)으로서 머리가 희어서야 한 번 장성 밖을 나가는구나."

했다.

옛적에 몽 장군(蒙將軍, 몽염(蒙恬))은 스스로 말하기를,

"내가 임조(臨洮, 감숙성에 있는 현)로부터 일어나서 요동에 이르기까지 성을 만여 리나 쌓는데, 그중에는 지맥(地脈)을 끊지 않을 수 없었다."

하였으니, 이제 그가 보니 그가 산을 헤치고 골짜기를 메운 것이 사실이었다. 슬프다. 여기는 옛날부터 백 번이나 싸운 전쟁터이다. 후당(後唐)의 장종(莊宗)이 유수광(劉守光, 후량의 장수)을 잡자 별장(別將) 유광준(劉光濬)은 고북구에서 이겼고, 거란의 태

종(太宗)이 산 남쪽을 취할 적에 먼저 고북구로 내려왔다는 데가 곧 이곳이요, 여진(女眞)이 요(遼)를 멸망시킬 때 희윤(希尹, 여진의 장수)이 요의 군사를 크게 파했다는 곳이 바로 이곳이요, 또 연경을 취할 때 포현(蒲莧, 여진의 장수)이 송의 군사를 패한 곳도 여기요, 원 문종(元文宗)이 즉위하자 당기세(唐其勢, 여진의 장수)가 군사를 여기에 주둔했고, 산돈(撒敦, 여진의 장수)이 상도(上都) 군사를 추격한 것도 여기였다. 독견첩목아(禿堅帖木兒, 몽골인)가 쳐들어올 때 원의 태자는 이 관으로 도망하여 흥송(興松)으로 달아났고, 명의 가정(嘉靖) 연간에는 암답(俺答, 인물 미상)이 경사(京師, 북경)를 침범할 때도 그 출입이 모두 이 관을 경유했다. 그 성 아래는 모두 날고 뛰고 치고 베던 싸움터로서 지금은 사해가 군사를 쓰지 않지만 오히려 사방에 산이 둘러싸이고 만학(萬壑, 많은 골짜기)이 음삼(陰森)하였다. 때마침 달이 상현(上弦)이라 고개에 걸려 떨어지려 하는데, 그 빛이 싸늘하기가 갈아 세운 칼날 같았다. 조금 있다가 달이 더욱 고개 너머로 기울어지자 오히려 뾰족한 두 끝을 드러내어 졸지에 불빛처럼 붉게 변하면서 횃불 두 개가 산 위에 나오는 것 같았다. 북두(北斗)는 반 남아 관 안에 꽂혔는데, 벌레 소리는 사방에서 일어나고 긴 바람은 숙연(肅然)한데, 숲과 골짜기가 함께 운다. 그 짐승 같은 언덕과 귀신 같은 바위들은 창을 세우고 방패를 벌여놓은 것 같고, 큰 물이 산 틈에서 쏟아져 흐르는 소리는 마치 군사가 싸우는 소리나 말이 뛰고 북을 치는 소리와 같다. 하늘 밖에 학이 우는 소리가 대여섯 번 들리는데, 맑고 긴 것이 피리 소리 같아 혹은 이것을 거위 소리라 했다.

—「야출고북구기(夜出古北口記)」 전문

고북구는 「일야구도하기」와 「야출고북구기」의 현장이다. 「일야구도하기」는 조하에서, 「야출고북구기」는 고북구의 마지막 관문에서 일어난 일을 기록했다. 연암이 이곳을 지나가면서 남긴 기록은 이두 편의 글 외 「막북행정록」 8월 7일과 「환연도중록」 8월 17일 일기에 있다. 나는 고북구의 선행 기행 자료와 세 번의 방문을 통해 연암의 고북구 여정과 행적을 구성했다.

1780년 8월 7일, 조선 사신 일행은 석갑성에서 저녁을 지어 먹고 남천문을 지나 남관 마을을 통과하여 고북구성으로 들어왔다. 고북구성 남문을 들어온 연암 일행은 비탈진 성벽 길을 따라 북문으로 향했다. 고북구성 옛 남문은 현재 고북구 입구 삼거리 '고북구(古北口)' 표지석 앞에 있었다. 북문을 통과한 연암은 밤중에 고북구촌을 지나 고북구를 빠져나가는 마지막 관문에서 글씨를 남겼다. 이곳이 「야출고북구기」의 탄생지다.

북경으로 돌아오는 일을 기록한 「환연도중록」에서, 연암은 고북구 북문으로 간 길을 "양쪽 언덕의 석벽이 천 길 낭떠러지로 깎아 세운 듯 서 있다. 그 가운데로 수레 하나가 지나갈 수 있는데, 그 아래는 깊은 골짜기로 큰 돌이 첩첩이 쌓여 있다."라고 했다. 연암이 말한 깊은 골짜기와 냇물은 산의 매몰과 도로공사로 인해 메워져 마을 도로가 되었다. 연암 일행이 지나간 험하고 좁은 길은 지금의 고어도(古御道)로 확장되었다. 또한, 고북구 옛 북문도 최근 복원되었다. 중국인들은 이 문을 '베이커우(北口)'라 부르는데 반룡산 줄기 서남쪽 중턱을 잘라 만든 관문이다.

밤에 연암이 글씨를 남긴 관문은 101번 국도변에 성벽이 조금 남

연암이 글씨를 남긴 고북구 마지막 관문

아 있다. 그곳은 반룡산 서쪽 끝자락으로, 도로를 따라 조하가 흐른
다. 이곳은 조하의 상류로「일야구도하기」현장 중 한 곳이다. 연암
은 8월 7일 일기에서, "세 겹의 관문(關門)을 나와서 곧 말에서 내려
장성에 이름을 쓰려고, 작은 칼을 뽑아 벽돌 위의 짙은 이끼를 긁어
내고 붓과 벼루를 행탁 속에서 꺼내어 성 밑에 벌여놓고 사방을 살
펴보았으나 물을 얻을 길이 없었다. 아까 관내(關內)에서 잠시 술 마
실 때 몇 잔을 남겨서 안장에 매달아 밤샐 때까지를 준비한 일이 있
기에, 이를 모두 쏟아 밝은 별빛 아래에서 먹을 갈고, 찬 이슬에 붓
을 적시어 여남은 글자를 썼다. 이때는 봄도 아니요, 여름도 아니
요, 겨울도 아닐뿐더러, 아침도 아니요, 낮도 아니요, 저녁도 아닌
곧 금신(金神, 가을을 주관하는 신)이 때를 만난 가을에다 닭이 울려는
새벽이었으니, 그 어찌 우연이겠는가."라고 했다.

그런데 같은 장소인데 8월 17일 일기에는, "돌아오는 길에 고북

반룡산 장성

구(古北口)에 들렀다. 내 저번에 새문(변방)을 나갈 때에는 마침 밤이 깊어서 두루 구경하지 못하였더니, 이제 그와 반대로 대낮이므로 수역과 더불어 잠깐 모래벌판에 쉬다가 곧 첫째 관(關)으로 들어섰다. 말 수천 필이 관문이 메도록 서 있고, 둘째 관문을 들어갔더니 군졸 사오십 명이 칼을 차고 삑 둘러섰고, 또 두 사람이 의자를 맞대고 앉았다. 나는 수역과 함께 말에서 내려 조용히 걸었다."라고 적었다.

　같은 장소인데 밤과 낮에 따라 표현이 다르다. 밤에 쓴 글이 감회의 정서라면, 돌아오면서 낮에 본 풍광은 사실적 기록이다. 나는 고북구를 지나가면서 두 번이나 놓친 이 현장을 연암처럼 글씨로 남긴 게 아니라 감회 어린 밤의 정서로 낮의 사실적 풍경을 찍었다.

　고북구는 고북구성 위에 반룡산 장성이 있는 구조이다. 이를 일러 '쌍장성(雙長城)' '성상성(城上城)' '성중성(城中城)'이라 부른다. 뿐만 아니라 반룡산 장성은 서쪽으로 와호산 장성과 동쪽으로 금산령 장성으로 이어져 있다. 3차 기행 때는 이를 확인하기 위해 반룡산 장성으로 갔다. 대형버스가 험한 길을 올라가 우리를 산중턱 주차장에 부려놓았다. 고북구 민속촌을 조성하느라고 땀을 뻘뻘 흘리는 주민들을 지나 30분 정도를 걸어 반룡산 장성에 올랐다.

반룡산 장성의 성벽과 길이 망루와 망루 사이로 이어졌다. 장성이 망루를 따라 띠줄을 잡고 산을 넘어간다. 멀리 서쪽에는 와호산 장성이 보인다. 금산령 장성의 성벽은 동쪽을 향해 줄지어 간다. 바람이 불어 등을 민다. 장성이 꿈틀댄다. 장성이 어서 오라고 손짓을 한다. 길이 함께 가자고. 손잡고 가자고 한다. 사람들이 환호한다. 바람이 뭐라 말한다. 나는 바람이 말하는 소리를 자세히 들으려고 녹음을 하면서 한동안 장성을 바라보았다.

니하오, 여기는 열하입니다

열하는 황제의 행재소(行在所, 군주가 임시로 머무는 곳)가 있는 곳이다. 옹정황제 때에 승덕주(承德州)를 두었는데, 이제 건륭황제가 주를 승격시켜 부로 삼았으니 곧 연경(북경)의 동북 4백 20리에 있고, 만리장성에서는 2백여 리이다. 『열하지』를 상고해보면, "한(漢) 시대에 요양·백단의 두 현으로 어양군에 속하였고, 원위(元魏) 때에는 밀운·안락 두 군의 경계로 되었고, 당대(唐代)에는 해족(북방 소수민족)의 땅이 되었으며, 요는 흥화군이라 하여 중경에 소속시켰고, 금(金)은 영삭군으로 고쳐서 북경에 소속시켰으며, 원(元)에서는 고쳐서 상도로(上都路)에 속하였다가 명(明)에 이르러서는 타안위의 땅이 되었다." 하니, 이는 곧 이때까지 열하의 연혁이다. 이제 청이 천하를 통일하고는 비로소 열하라 이름하였으니 실로 장성 밖의 요해의 땅이었다. 강희황제 때로부터 늘 여름이면 이곳에 거동하여 더위를 피하였다. 그의 궁전들은 채색이나 아로새김도 없이 하여 피서산장(避暑山莊)이라 이름하고, 여기에서 서적을 읽고 때로는 임천(林泉, 숲과 하천)을 거닐며 천하의 일을 다 잊어버리고는 짐짓 평민이 되어보겠다는 뜻이 있는 듯하다. 그 실상은 이곳이 험한 요새이어서 몽고의 목구멍을 막는 동시에 북쪽 변방 깊숙한 곳이었으므로 이름은 비록 피서라 하였으나, 실상인즉 천자 스스로 북호(北胡, 북쪽 오랑캐)를 막음이었다. 이는 마치 원대(元代)에 해마다 풀이 푸르면 수도를 떠났다가, 풀이 마르면 남으로 돌아옴과 같음이다. 대체로 천자가 북쪽 가까이 머물러 있어서 자주 순행하여 거동을 하면, 북방의 모든 호족들이 함부로 남으로 내려와서 말을 놓아 먹이지 못할 것이므로 천자의 오고 감을 늘 풀의 푸름과 마름으로써 시기를 정하였으니, 이 피서라는 이름도 역시 이를 이름이었다. 올봄에도 황제가 남방을 순행하였다가 바로 북쪽 열하로 온 것이다.

—「막북행정록 서(漠北行程錄序)」에서

청나라 역사의 중심에는 열하(熱河)가 있고, 열하의 중심에는 피서산장이 있다. 피서산장은 강희제 이후 청 황제들이 더위를 피해 정무를 보던 곳이다. 열하는 청나라 또 하나의 수도이다. 연암 일행이 나흘의 사투를 벌이며 달려온 것도 이런 이유 때문이었다. 당시 열하 길은 건륭제의 칠순에 조공하려 몰려든 외국 사신과 진상품의 행렬로 넘쳤다. 연암 자신도 「만국진공기」에서, "평생에 괴상한 구경은 열하 있을 때만큼 본 적이 없으니 그 이름조차 모르는 것이 많고 문자로 형용할 수가 없어 모두 생략하고 적지 못하는 것이 유감이로구나."라고 했다. 그러나 연암은 이런 구경거리보다 열하에 피서산장을 건설한, 청나라 통치자의 정략에 주목한다. 연암은 청나라가 몽골과 티베트를 누르기 위해 열하의 피서산장을 건설했다고

열하의 경추봉

본다. 동시에 이민족 견제와 지배를 목적으로 만든 피서산장이 건륭제 통치 후반으로 오면서 점차 놀이터가 되어가고 있음을 간파한다. 놀이터로 변했다는 것은 지배자들의 향락으로 국가의 병폐가 쌓여간다는 사실을 지적한 셈이다.

중국의 문화비평가인 위치우위는 그의 저서 『중국문화기행』에서, "사실 청조, 아니 전 중국의 역사적 비극은 바로 전성기처럼 여겨졌던 건륭제에서부터, 그리고 아름다운 산수를 자랑하는 피서산장 안에서 싹트고 있었던 것이다. 그러나 당시 피서산장은 몽롱한 중화제국의 환상 속에 푹 빠져 있었으며, 전국의 문화 지식인들 역시 이런 환상의 가장자리에 도취되어 있거나 벙어리 냉가슴 앓듯 아무런 소리도 내지 못하고 있었다."라고 평했다. 연암이 당시 열하의 피서산장에서 통찰한 청나라 지배층의 향락 풍조에 대한 비평과 일치한다.

열하의 입구는 무열하를 따라 펼쳐진다. 정비된 하천 제방에 물

나하오, 여기는 열하입니다

이 넘실거린다. 연암이 잠에 취해 보던, "봉우리가 방아고처럼 오똑 섰는데 높이가 백여 길이나 되어 하늘을 기대고 곧추 솟아 석양 햇발이 가로 비껴 금색이 찬란했다."는 경추봉이 열하의 서쪽에 자태를 드러낸다. 경추봉은 열하의 명소로서 남근처럼 생긴 바윗돌이다.

'열하'의 현재 행정명은 승덕시이다. 승덕시는 하북성 동북부에 위치한다. 북경으로부터 250킬로미터의 거리에 있다. 총인구 약 380만 명 중 만주족·몽골족·회족·조선족 등의 소수민족은 130만이고, 시내 중심 인구는 60만 정도이다. 시내의 반은 피서산장과 불교 사원 외팔묘가 차지하고 있다. 피서산장 호수구 안쪽 열하천이 있어 열하라 부른다. 건륭제 때부터 승덕이란 명칭을 달게 되었다.

청나라 옛 주인들이 이민족을 지배하기 위해 건설한 열하는 지금은 관광객이 그 자리를 차지하고 있다. 점심을 먹고 가이드를 따라 시내로 갔다. 피서산장이 저만치서 우리를 손짓한다. 거리의 나무와 땅과 공기와 바람이 눈과 귀와 온몸을 열고 일제히 말한다. "화이닝, 화이닝, 니하오, 여기는 열하입니다."

역사의 현장, 그 풍경

— 피서산장 (1)

　피서산장(避暑山莊)은 만리장성과 같이 성벽으로 둘러싸인 궁전
이다. 청나라 4대 강희제가 1703년에 만들기 시작하여 건륭제 때인
1792년에 완성되었다. 89년의 세월이 걸렸다. 산장의 전체 넓이는
북경 이화원의 두 배에 달하는 564만 평방미터이다. 중국인들은 이
곳을 '열하행궁(熱河行宮)', '승덕이궁(承德異宮)'이라고 부른다. 가이
드의 설명에 따르면 피서산장의 호수구는 강남의 풍경을 본뜬 것이
고, 전체는 중국 지형의 모습을 하고 있단다. 피서산장의 지도를 보
니 가이드의 말에 수긍이 간다. 피서산장은 왕이 정무를 보며 사신
을 맞이하던 궁정구, 강남 풍경을 옮겨놓은 호수구, 초목지대를 상
징하는 문수원 일대의 평원구, 피서산장의 80퍼센트를 차지하는 산
악구 등 네 개 구역으로 구분한다.

　중국 10대 명소이자 최대의 황실 정원인 피서산장은 '강희제의
만리장성'이라 한다. 산장 내에 있는 누각과 건물은 자금성처럼 화
려하지 않지만, 왕의 처소로서 소박한 멋을 지닌다. 지붕은 유리기

피서산장 여정문

와가 아닌, 그냥 보통 기와이다. 건물 주변 앞뒤에는 쭉쭉 뻗은 소나무를 띄엄띄엄 심어놓아 자연과 조화를 이루었다. 피서산장의 출입문은 만주어, 티베트어, 한어, 아라비아어, 몽골어가 새겨진 여정문(麗正門)이다. 건륭제가 고심하여 지은 '여정(麗正)'이란 글자는 『역경』「이괘」의 "밝은 덕행은 올바른 도로써 한다(重明以麗乎正)"에서 나왔다. 여정문에는 세 개의 정방형 문이 있다. 피서산장을 건설한 이래로 가마를 타고 이 문을 통과한 이는 황제와 황태후를 제외하고 건륭제 칠순 잔치에 온 반선라마 6세 한 명뿐이라고 한다.

　여정문을 통과하면 외오문이 나오고, 외오문을 지나면 강희제의 행서체 '피서산장(避暑山莊)' 편액이 걸린 내오문이 나온다. 이 내오문을 지나면 황제가 기거했던 담박경성전이다. 건물 안 황제가 앉은 자리 위에 '담박경성(澹泊敬誠)'이라는 편액이 걸려 있다. 글씨는 강희제가 직접 썼다. '담박(澹泊)'의 뜻은 '편안하고 고요하며 욕심이 적다.'이다. 황제가 앉던 옥좌에는 누런 비단 자리가 깔려 있고, 옥좌 난간에는 여러 가지 무늬 조각을 정교하게 새겼다. 실내에는 300여 년이 지난 오늘날까지도 황제가 사용하던 집기물이 그대로 보관되었다. 그중 코끼리 모양의 법랑기는 나라의 태평과 백성의 편안함을, 자리 난간의 두 마리 선학은 황제의 장수를 상징한다. 학에 관해서 승덕 가이드 초선 양은 "청나라 사신으로 온 조선 사신단이 학 두 마리를 황제에게 진상하자 황제는 학을 열하 일대에 날려주었다."라고 말했다. 그러자 합리적인 사고를 가진 김두환 선생이 어느 황제 때냐고 물었고, 그녀는 확실히 모르겠으나 가이드 교육 때 강사한테 들었다고 했다. 김 선생은 『열하일기』에는 그런 내용이 없다고 반문했다. 일행들은 어느 때인가 알려면 연행록이나 사신들의 진상품 목록을 조사하면 알 수 있다는 등 설왕설래했다. 나는 그런 기록이 나타난 문헌이 있다고 했다. 모두 놀라 "어딘데?"라고 일제히 소리쳐 물었다. 나는 태연히 말했다. 그것은 바로 우리가 보고 들은 사실을 기록할 책에 있을 것이라고 했다. 몇몇 사람들이 손뼉을 치며 웃었다.

궁궐 지역을 나오면 호수와 초원 지역이 넓게 펼쳐진다. 서쪽은 산악구이고, 동쪽은 호수구로 징호(澄湖) · 여의호(如意湖) · 상호(上湖) · 하호(下湖) · 경호(鏡湖) · 은호(銀湖) · 서호(西湖) · 반월호(半月湖) 등 여덟 개의 인공 호수가 있다. 호수와 호수 사이에는 지경운제(芝徑雲堤)라는 기다란 둑이 놓여 있다. 이 둑은 항주에 있는 소제(蘇堤, 소동파가 만든 제방)를 본떠 만든 것이다. 인공섬과 여러 누각이 호수에 얼굴을 비춘다. 호수는 바닥에서 물이 솟아나 항상 맑고 깨끗하다.

피서산장을 구경하는 방법으로는 미니버스를 타고 산장 전체를 조망하는 산악구 코스가 있다. 한 시간 정도 걸린다. 다른 방법으로 수원구에서 배를 타고 관광하든지, 전동차나 도보로 호수와 초원 지역을 구경해도 된다. 1차 기행 때는 배를 타고 호수 끝에 있는 열하천으로 갔다. 그런데 뱃삯이 예상 외로 비싸다. 한 명당 우리나라 돈으로 1만 원이다. 우리는 시간이 더 필요했기에 배를 타고 호수를 건넜다. 누각과 섬의 풍광이 물 위에 제 그림자를 드리우고 시간의 흐름을 파노라마처럼 펼쳐 보인다.

피서산장은 청나라 역사의 빛과 어둠을 동시에 비추는 거대한 거울이다. 거울 속에 뜨거운 숨결을 뿜어내던 열하천이 있다. 우리는 그곳을 향하여 나아갔다. 배가 호수 안쪽 끝에 닿는다. 배에서 내려 제방 길을 따라 내려가면 열하천이다. 다리를 건너면 세계에서 가장 짧은 강이라는 내용을 담은 열하천 변석이다. 그 곁 넓은 웅덩이 가장자리에 '열하(熱

열하 표지석

河)' 표지석이 있다. 방문객은 열하 표지석 앞에서 사진을 찍어 인증샷을 남긴다. 표지석 위쪽 지역이 평원구로 건륭제 때 몽골족을 비롯한 외국 사신을 초대해 연회를 열었던 '만수원'이다.

청나라 역사의 속내 들여다보기
─ 피서산장 (2)

연암의 「만년춘등기」와 「매화포기」란 글은 풍경을 눈앞에서 보는 듯 생생하다. 이 두 편은 건륭제 칠순 잔치의 화려함을 보여주는 한 단면이다. 등불과 매화포 놀이는 만수원에서 거행했다. 만년춘 등불놀이는 1천여 명의 관리들 앞에서 '만년춘(萬年春)' '수복(壽福)' '천하태평(天下泰平)'이란 글자를 불로 태우면서, 황제의 만수무강과 나라의 태평을 기원하는 송축 행사이다. 이 행사에 대해서 연암은 "이것은 잠시 동안의 놀음이지만, 기율의 엄한 것이 이와 같은데, 더욱이 이 법으로 군진(軍陣)에 임한다면 천하에 누가 감히 다칠 것이랴. 그러나 천하의 태평은 덕에 있는 것이요, 법에 있는 것이 아니거늘 하물며 놀이로 천하에 무슨 도움이 될 것이랴."(「만년춘등기」에서)라고 비판한다.

조선 후기 '북학'은 청나라의 문명을 배우고자 했다. 그 문명은 강희제로부터 건륭제에서 비롯된 것이 중심이다. 특히 건륭제는 많은 시문을 남기고, 그림과 다른 예술 작품에 글을 남길 만큼 문화 예술적 재능도 갖춘 인물이었다. 그는 『사서전고』라는 수천 권의 책 편찬을 지시할 만큼 인문학적 안목이 있었다. 반면에 만주 문화의 비판에 대해 혹독하게 탄압했다. 그 결과 '문자옥(文字獄)' 사건을 일으켰다. 이런 건륭제도 65세가 넘어서는 판단력이 흐려져 화신(和珅)과 같은 인물을 등용하면서 안일과 향락에 빠져들기 시작했

서태후

다. 바로 이 시기에 연암이 열하에 왔고 화신을 만났다. 화신은 건륭제의 총애를 받아 황제가 죽을 때까지 20년간 재상을 지내면서 권력을 남용하고 부를 축적했다. 건륭제가 죽자마자 화신은 곧바로 처형되고, 그가 가지고 있던 은 800조에 해당하는 재산이 몰수되었다. 이 금액은 당시 청나라의 한 해 세입이 7천만 냥이었다고 하니까 청나라 10년 세입과 맞먹는다고 한다.

화신과 같은 인물이 후대에 와서 피서산장에 등장한다. 문명의 변화와 개방에 대해 무지하고, 나라와 백성보다는 자신의 권력을 위해 보수주의자와 개혁주의자를 교묘하게 이용했던 인물, 서태후(西太后)이다. 서태후는 청나라 최후 권력자이면서 피서산장의 마지막 주인이다. 그녀의 유품 전시실이 피서산장 궁정구 내 연파치상 옆 서쪽 건물에 있다.

서태후 유품

중국을 배경으로 소설 『대지』를 쓰고 노벨 문학상을 받은 미국 작가 펄 벅의 또 다른 소설 『연인 서태후』가 있다. 이 소설에서 긴장감을 자아내는 부분이 피서산장에서 벌어진 권력 다툼이다. 서태후의 남편인 청나라 9대 함풍제는 젊은 시절부터 아편 중독과 여성 편력에 빠져 유약하고 무능했다. 그는 태평천국의 난으로 정국이 불안해지자 피서산장으로 피신 왔다가 2년 만에 죽는다. 이때 권력 다툼이 일어나는데 서태후는 공친왕의 도움으로 반대파인 숙신과 이친왕의 무리를 제거한다. 피서산장에서 권력을 잡은 서태후는 북경으로 간다. 그녀는 어린 아들 동치제를 섭정한다. 서태후는 다시 조카 광서제를 섭정하여 47년 동안 청을 통치하다가 1908년 일흔네 살 때 죽었다. 그 다음 황제가 영화 〈마지막 황제〉에 나오는, 두 살밖에 안 된 선통제 부의로 껍데기뿐인 나라를 물려받았다. 서태후는 청대 황제의 능묘에 묻혔으나, 20년 후인 1928년 공산당 혁명군에 의해 묘는 파헤쳐졌다.

피서산장 내 서태후의 유품전시관에는 그녀의 유품이 형광등 불빛 아래 싸늘하게 빛난다. 유품에는 서태후 머리를 빗기는 궁녀가 머리카락 한 올이라도 빠지게 하면 참수시키고, 주름살을 지운 모습을 촬영 편집해준 일본 사진사에게 거액을 주었다는 등의 이야기가 담겼다. 그녀가 국방비를 몽땅 털어 이화원을 지었다는 사실과 중일전쟁으로 백성들이 도탄에 빠지고 거리에 시체가 거리에 가득한데도 그녀의 환갑잔치를 이화원에서 하지 못해 애통해했다는 이야기 등은 다 알려진 사실이다.

열하의 피서산장은 청나라 통치자들이 이민족을 견제하면서 청나라를 번창시키고자 온갖 구상과 고민과 계략과 지혜를 만들어낸 청대 정치 문화의 집합소다. 강희제는 피서산장을 담박의 통치 이념으로 조성했다. 그러나 담박의 통치는 건륭제 후반부터 퇴색되기 시작했다. 이후 청나라는 몰락의 징조를 보이다가 서태후가 통치하면서 어둠 속에 갇혔다. 이처럼 피서산장은 청의 흥망사를 보여주는 장소다. 피서산장의 역사는 나라를 이끌고 갈 지도자가 어떤 철학과 사명을 가져야 하는지를 되짚어보게 한다. 제갈공명이 그의 「출사표」에서 외친 "나라에 대하여 충성된 생각을 가지는 자는 누구나 자신의 과실과 결함을 부지런히 청산하라."라는 명언도 되돌아보게 한다.

보타종승지묘

무열하(武烈河)는 피서산장의 서북쪽에서 나와 승덕시를 가로질러 동남쪽으로 흐른다. 무열하의 흐름처럼 외팔묘(外八廟)가 피서산장을 에워싸고 있다. 외팔묘란 수상사, 보타종승지묘, 수미복수지묘, 보녕사, 안원묘, 보락사, 부선사, 부인사 등 여덟 개의 라마 사원을 말한다. 이 중 보타종승지묘 · 보녕사 · 보락사 · 수미복수지묘 네 곳만이 개방되었다. 청나라가 외팔묘를 조성한 목적은 자국을 보호하고, 티베트와 몽골을 달래려는 유화정책에서 비롯되었다.

보타종승지묘(普陀宗乘之廟)는 티베트 라사에 있는 포탈라궁을 그대로 본떠 만든 사원이다. 그래서 소포탈라궁이라 한다. '포탈라'라는 말은 원래 산스크리트어인 '포탈라카'(관음보살이 산다고 하는 산)에서 왔다. 한자의 이름이 보타종승지묘이다. 이 사원은 건륭제 육순과 그의 어머니 팔순을 축하하기 위해 지었다. 사원은 1767년에 건립을 시작하여 1771년에 완공되었다.

보타종승지묘

보타종승지묘는 외팔묘 중 제일 큰 규모이다. 주차장 입구에 서면 거대한 건물을 중심으로 여러 채의 건물이 보는 이를 압도한다. 황금기와 전각 앞 큰 건물은 붉은색으로 사각형의 창문이 여러 개가 달렸다. 입구 비각을 통과하면 빨강, 초록, 노랑, 하양, 검정 등 라마탑 다섯 개 지붕과 흰색 벽면의 3층 건물이 보인다. 오탑문으로 전형적인 티베트 양식이다. 오탑문을 지나면 중국식 패루가 앞을 가로막는다. 패루를 지나 계단을 따라 오른다. 미로로 난 계단을 따라 티베트 양식 사원 사이로 지난다. 사원 중간 정도 되는 곳에 이르니 긴 계단이 있는데, 가이드는 그곳을 오르면서 뒤를 돌아보지 말고 재물에 관한 소원도 말하지 말라 한다. 이유를 물으니 그 위에 재물전이 따로 있기에 이곳은 수명과 복에 관한 것만 빈다고 말한다. 조금 더 올라가니 둥근 통 모양을 다발로 쭉 달아서 가로

보타종승지묘 전각

늘어놓았다. 불교 경전을 적어 넣어놓은 '마니통'이다. 마니통을 돌리면서 소원을 빌면, 바라던 소망이 이루어진단다. 그런데 기본 10만 번을 돌려야 한다니. 보통 사람은 일 년 동안 해도 못 할 횟수이다. 그러고 보니 텔레비전에서 라마승이 오체투지를 하면서 라사로 가는 풍경이 떠오른다. 고행을 통해 극복하는 사람만이 도달할 수 있는 세계가 어디 있는가. 그런 행위는 열망인가, 해탈인가. 아니면 세속에 얽매여 살아가는 사람이 모르는 어떤 경지를 고행하는 그들은 믿고 있는 것인가. 이런 의문을 던지며 가이드를 따라 숨을 헐떡거리며 올라가니 시야가 넓어지면서 피서산장의 장성과 경추산 바윗돌과 주변 사원이 눈에 들어온다. 입구에서 본 붉은색 건물은 높이가 25미터, 폭은 58미터로 7층 대홍대(大紅臺)이다. 벽은 6층 창문인데 1백여 개의 창이 달려 있다. 이 창은 맹창(盲窓, 모양만 낸 가짜

보타종승지묘
황금기와

창문)이다. 재물전 바로 아래에는 자물통을 단 줄이 있고, 그 위에는
연기를 뿜어 올리는 소각장이 있다. 줄에 자물통을 달아놓는 것은
남녀 간의 애정이 떨어지지 않길 바라는 소망을 뜻한다. 반면에 연
기를 피우는 행위는 연기처럼 재물이 많이 피어나길 소망하는 것이
라고 한다. 기복신앙이 티베트 불교에서 이런 형태로 재현되었다.
하기야 포탈라궁이 인간의 소원을 들어준다는 관음보살이 있는 곳
이 아닌가.

　재물전을 지나 큰 건물 뒤로 돌아가니 황금기와(실제는 황금 도금
기와) 전각의 내부로 들어간다. 건물은 3층 전각으로 중앙에 황금기
와 전각이 있다. 건물 계단은 미로 찾기다. 전각 각층 내실에는 건
륭제가 외국 사신들로부터 받은 불교 유물과 유품들이 전시되었다.
건물은 일자형이 아닌 '회(回)'자형이다. 전시관에는 사방으로 40여
칸의 전시실이 있는데 제대로 보려면 한나절은 걸린다. 3층에 이르
니 황금기와 전각이 모습을 드러낸다. 옥상에 오르니 황금기와가

종 모양의 지붕 꼭대기 상륜부로부터 고기 비늘 물결을 이루었다. 네 갈래의 내림마루 처마 지붕 끝부분에 일곱 개의 각기 다른 동물의 형상이 금빛을 뿜어댄다. 그것을 떠받들고 있는 황금기와에도 문양과 무늬가 새겨졌다. 단순한 황금기와 누각이 아니라 건축과 공예 예술이 어우러진 절품이다. 누구도 보타종승지묘(소포탈라궁)의 장대함과 황금기와 누각 앞에 서고 보면 놀라고 기죽지 않을 사람은 없으리라. 이런저런 상념에 잠겨 미로 같은 계단을 따라 3층 전각을 내려왔다.

연암과 반선라마 6세

건륭 칠순 잔치에 참석한 조선 사신단이 열하에서 겪은 큰 사건은 티베트승 반선라마(班禪喇嘛, 판첸라마) 6세를 만난 일이다. 그것은 연암 일행이 열하에 도착한 둘째 날에 일어났다. 연암이 이날 정사 박명원을 따라 피서산장에 들어갔다 나와 태학관으로 돌아오니 심각한 사태가 일어났다. 반선라마를 만나라는 황제의 지시를 두고 조선 사신들이 논란을 벌이고 있는 게 아닌가. 사신들의 심각한 고민에도 불구하고 연암은 일이 잘못되어 중국의 다른 지역으로 귀양살이 가길 은근히 바랐다. 그런 생각을 하게 된 까닭은 즉시 황제의 명을 받아들이지 않는 조선 사신들의 태도를 두고 건륭제가 "그 나라에서는 예절을 알지마는 신하는 예절이 어둡군."이라고 말한 데서 비롯되었다. 그러나 연암의 기대와는 달리 다음 날 조선 사신들은 반선라마를 만난다.

연암은 다음 날 열하의 거리를 답방하다 술집에서 호기를 부린다. 몽골과 회회교(중동 이슬람교) 사람들이 모인 술집에서 그는 은행

알 같은 잔 두 개를 담뱃대로 휙 쓸어 치우고 큰 보시기(대접) 잔에
다 독한 술을 부어 단번에 들이켰다. 이에 놀란 외국인들이 한 번
더해줄 것을 청하자 연암은 찻잔 속 찌꺼기를 난간 밖으로 쏟아버
리고 술 석 잔을 큰 잔에 부어 다시 원샷을 감행했다. 또 한 번 놀라
정신없는 이국인들을 향하여 인사를 표하고 급히 나왔다는 연암의
기행(奇行)은 지금 읽어봐도 한국의 술꾼들을 들뜨게 한다. 실제로
연암은 등에서 식은땀을 흘릴 만큼 긴장되었노라고 했다. 그러면서
사신들이 수미복수지묘(반선행궁)으로 떠났다는 말을 듣고 부랴부랴
달려간다. 수미복수란 티베트어 '짜시룬뿌'의 한역 찰십륜포(扎什倫
布)의 뜻을 풀이한 것이다. 찰십(扎什)은 복수(福壽), 윤포(倫布)는 수
미산(須彌山)을 뜻한다.

　반선라마에 대한 연암의 인물평은 부정적이다. 그와 만남을 기
록한 「찰십륜포」에, "반선은 남쪽을 향하여 다리를 꼬고 앉았다. 누
런빛 우단으로 된 관을 썼는데, 말갈기 같은 털이 달렸고 모양은 가
죽신같이 생겨 높이가 두 자 남짓이나 됐다. 금으로 짠 선의(禪衣, 중
옷)를 입었는데 소매가 없이 왼쪽 어깨에 걸쳐서 온몸을 옷으로 쌌
다. 오른편 옷깃 겨드랑 밑으로 오른 팔뚝을 드러냈는데 장대하기
가 다리만 하고 금빛이었다. 얼굴빛은 누렇고 둘레가 예닐곱 뼘이
나 되는데 수염 난 자리는 없고, 코는 쓸개를 떼어 달아맨 것 같으
며, 눈썹은 두어 치나 되고 눈알은 흰 눈동자가 겹으로 되어 음침
하고 컴컴해 보였다."와 "전각 속에 들어가니, 집 안은 침침하고 그
가 입은 옷은 모두 금으로 짰으므로 살갗은 샛노랗게 되어 마치 황
달병 걸린 자와 같았다. 대체로 누런 금빛으로 뚱뚱 부어터질 듯이

꿈틀거리는데 살은 많고 뼈는 적어서 청명하고 영특한 기운이 없으니, 비록 몸뚱이가 방에 가득하나 위엄을 볼 수 없고 멍청한 것이 무슨 수신과 해약(물귀신) 그림 같았다."라고 기록했다. 이 부분은 티베트 불교에 대한 연암의 이해 부족을 드러내면서 유교를 표방하면서 다른 세계에 대해서는 닫혀 있던 당시 조선 사회의 단면을 보여주는 사례이다. 연암은 티베트 불교와 반선에 관해「찰십륜포」외에「황교문답」과「반선시말」등에도 기록을 남겼다.

수미복수지묘는 소포탈라궁에 비해 작은 규모로 형태 또한 달랐다. 입구 겹처마에 아치형 정문과 비정(비석이 있는 누정)을 지나면 유리패루가 나타난다. 패루 뒤에는 붉은 홍대가 두 채 있다. 왼쪽 대홍대 벽면에는 3층으로 각층 열세 개씩 총 서른아홉 개의 맹창이 있다. 오른쪽 동홍대는 2층으로 여섯 개의 창과 건물 양 벽에 각 열다섯 개씩이 있어 총 서른여섯 개의 맹창이 달렸다. 대홍대 뒤가 3층 불당 대전으로 반선이 설법을 했던 묘고장엄전(妙高莊嚴殿)으로, 사방 모서리에 소전이 있다. 묘고장엄전은 황금기와 용마루에 황룡 두 마리와 지붕 마루의 여섯 마리 용과 합쳐 여덟 마리가 장식되었다. 대전 주변은 당시 1천여 명의 승려가 거주했다는 처소 건물이다. 수미복수지묘 뒤쪽에는 건륭제의 70세 생일을 축하하기 위해서 세운 만수유리탑(萬壽琉璃塔)이 있다. 이 탑은 항주의 육화탑(六和塔)을 모방하여 만든 팔각형 7층으로 파란 유리탑이다.

2차 기행 팀은 연암이 반선을 만났던 묘고장엄전과 2층 별관 반선 상이 있는 유물전시관을 관람하고 나왔다. 반선라마는 연암을 만난 후 북경으로 가서 옹화궁에서 약 4개월간 머물다가 이해(1780)

묘고장엄전

12월에 입적했다.

　수미복수지묘(반선행궁)를 나오니 간간이 내리던 싸락눈이 길 위에 잠시 머물다가 사라진다. 연암이 걸어온 길과 반선이 걸어온 길이 잠시 만났다가 갈라지는 모습과 겹쳐 떠오른다. 운명이란 것, 인연이 있어야 만남이 이루어진다는 것, 이런 말들은 사실일까, 관념일까, 아니면 믿음일까.

　TIP　**반선라마(판첸라마)** 반선은 라마교에서 살아 있는 부처로 대를 이어나가는 생불을 뜻하며, 판첸라마, 반선액이더니 등으로 불린다. 반선은 라마교에서 정신적인 우두머리 지도자이며, 티베트와 몽골 민족이 숭배하는 숭고한 권위의 상징이다. 승려들이 모두 황색 모자를 쓰고 있어서 라마교를 황교(黃敎)라고도 한다. 연암이 만난 반선라마는 판첸라마 6세(1738~1780)였다. 건륭제가 그를 영접하기 위해 세운 불교사원이 '수미복수지묘'이며, 티베트 찰십륜포 사원 양식을 그대로 따랐다 하여 '찰십륜포'라고 한다. 또 다른 이름으로 '반선라마궁' 또는 '반선행궁'이라 부른다.

열하의 태학관

두 번째 기행에서 열하 가는 길은 고려보에서 저녁 무렵에 출발하여 컴컴한 산길을 따라가느라 헤맸다. 지리를 제대로 파악하지 못한 기사 덕분에 삼태산을 넘어가다 보니 네 시간이나 걸려 열하에 도착했다. 저녁 식사를 마치고 호텔에 드니 밤 10시가 넘었다. 마침 우리가 투숙한 호텔이 무열하 강변에 있어 잠자기 전 밤 산책을 했다. 얼음이 언 강물은 도로변에서 달빛을 받아 반짝이면서 소나타를 연주했다. 호텔을 벗어나니 술집도 상점도 없는, 달빛만 가득한 세상이 펼쳐졌다. 강 건너 시내 불빛 속에 피서산장이 어두운 그림자를 던졌다. 강바람은 차가웠지만 마음은 오히려 따뜻했다. 그것은 연암이 태학관(太學館) 뜰을 거닐면서 "아아, 슬프구나. 이 좋은 달밤에 함께 구경할 사람이 없으니."라고 탄식한, 열하의 밤을 우리는 희희낙락 즐겼기 때문이다. 또한, 연암처럼 기풍액과 왕민호, 윤가전 같은 청나라 학자들과 더불어 땅이 둥글고 지구가 돈다는 지원설(地圓說)이나 지전설(地轉說)에 대해서 심각하게 이야기하지 않아도 되는 상황이었다. 우리는 연암이 좋아했던 달밤과 술에 대해서, 그로 인해 열하에서 벌인 달밤의 행적을 체험해보고픈 생각이 일어났다. 그러나 연암의 달빛 기행은 무열하천변이 아닌, 태학관에서 벌어졌다.

「태학유관록」은 연암이 1780년 8월 9일부터 8월 14일까지 열하에 머물던 6일 동안의 기록이다. 이 기간에 일어난 연암의 행적을 요약하면 이렇다.

8월 9일 첫째 날, 연암은 숙소인 태학관에서 청나라의 학자 윤가전, 왕민호 등과 인사를 나눈다. 이어 연암은 윤가전과의 필담에서 조선 문인들에 대한 중국 측 잘못된 기록을 지적한다. 이날 밤에 태학관 숙소에서 연암은 홀로 달빛 기행을 한다. 둘째 날, 새벽에 정사 박명원을 따라 피서산장으로 들어갔다가 나온 연암은 태학관에서 왕민호와 학성 등의 학자와 조선과 중국의 풍습에 대해 토론을 벌인다. 학성은 조선의 부녀자의 '불경이부'나 지나친 충효 풍속에 대한 비판 등 조선 사회의 문제점을 공박한다. 반면 연암은 청나라 '삼액(三厄)'의 폐단을 말한다. 삼액이란 머리카락을 망건에 가두는 두액(頭厄), 독초로 가슴과 머리를 자극하는 흡연의 구액(口厄), 한족 여자들이 발을 싸매는 전족인 족액(足厄) 등을 뜻한다. 이어 반선라마를 접견하라는 황제의 명에 대한 조선 사신들의 논란을 말하고 태학관에서 기풍액과 두 번째 달빛 기행을 벌인다. 셋째 날, 연암은 대낮 술집에서 호기를 부리고, 반선라마를 만나러 반선행궁으로 간다. 넷째 날, 피서산장 궁궐 담 너머로 연희를 구경한다. 그리고 건륭제의 최측근으로 권력을 행사하고 있던 화신을 만난다. 다섯째

대성전

날, 건륭제의 칠순제 행사에 참석하고, 기풍액과 명륜당에서 세 번째 달빛 기행을 벌이면서 지구가 돈다는 지전설과 땅은 둥글다는 지원설을 말한다. 여섯째 날은 왕민호와 악기점에 들렀다. 조선의 잘못된 말 기르는 법과 말 다루는 솜씨 등을 다룬 '말사육론'을 설파한다. 기풍액의 하인에게 조선의 화폐에 대한 설명을 해주고 태학의 대성전에 참배한다. 황제의 명에 따라 열하를 떠나면서 기풍액, 왕민호, 윤가전 등의 학자와 작별하는 것으로 열하의 행적을 마무리한다.

　연암이 열하에서 만난 학자들에 대한 자세한 내용은 「심세편」, 중국 학자 중 왕민호와 주고받은 필담은 「곡정필담」에 실렸다. 그 외도 열하에서 본 요술에 관한 내용인 「환희기」를 비롯해 「산장잡기」 「구외이문」 등의 글이 있다.

그렇다면 연암이 열하에서 머물렀던 태학관은 어디에 있는가. 태학관은 피서산장의 정문에서 왼편으로 걸어서 30분 정도 걸리는 거리에 있다. 피서산장의 정문 곁에 관제묘가 있고, 거기서 조금만 걸어가면 태학관이다. 2차 기행 답사 때 찾아갔으나 태학관을 헐고 새로운 건물을 짓는다고 들어가지 못했다.

나는 2차 기행 답사에 함께한 이 형(兄)과 임 시인, 임 기자 등과 태학관 앞 고풍스러운 음식점에 들러 연암처럼 호기를 부렸다. 한족과 조선족 가이드와 기사, 주변 여러 사람이 보는 앞에서 우리는 큰 대접에 차 대신 승덕에서 빚은 독한 술을 붓고 연암처럼 원샷을 감행했다. "연암 선생을 위하여, 『열하일기』 기행 답사를 위하여, 태학관을 위하여"라고 외치면서 세 대접을 연거푸 마셨다. 이어 "선대들의 고난에 찬 노정을 위하여, 한·중 문명교류를 위하여"라고 외치면서 두 대접을 더 마셨다. 음식점을 나와 차를 탈 때까지도 머리가 말똥말똥하게 맑았다. 승덕 가이드의 전송을 받으며 열하를 벗어나기 시작하자 저녁 어둠이 몰려오기 시작했다. 나는 어둠을 타고 눈의 문을 걸어 잠갔다. 곧 머릿속이 하얗게 변해버리고 말았다.

TIP **태학관** 열하의 태학은 지방의 학문을 일으키고 서생들을 교육하는 기관으로 건륭제 때인 1776년에 공사를 시작하여 1780년에 완공했다. 현재 명칭은 열하문묘로 2005년부터 복원작업에 착수하여 2012년 새롭게 복원되었다. 연암은 이곳 명륜당에 머물면서 『열하일기』의 주요 자료를 수집했다.

열하의 태학관

다시 밀운수고에서

『열하일기』에서, 조선 사신들이 겪은 가장 힘든 고난의 여정을 든다면 북경에서 열하 가는 길이었다. 그런데 열하 가는 옛길은 1960년대 중국 정부가 인공 저수지를 준공함으로써 대부분이 물속에 잠겼다. 북경 시민의 물 사용량 80퍼센트를 공급하고 있는 밀운수고 조성 때문이다. 밀운수고는 인공 저수지로 면적이 이화원 곤명호의 150배라고 한다. 저수지 주변을 한 바퀴 도는 데는 차량으로 세 시간 너머 걸린다.

나는 이곳을 네 번이나 지나갔다. 첫 번째 갈 때는 고북구에 온통 신경이 쏠려서 밀운수고는 그냥 스쳐 지나갔다. 두 번째는 어두운 저녁 무렵에 통과했기에 제대로 보지 못했다. 세 번째는 사마대 장성을 가기 위해 그곳을 답사했고, 3차 기행 때 다시 확인했다. 밀운수고는 북경과 승덕의 국도를 가야만 볼 수 있다. 국도변에 차를 세우고 밀운수고가 잘 보이는 언덕에 올라 지형을 살펴보니, 멀리 고북구 준령 산맥에서 흘러 내려온 조하(潮河)의 강물이 이곳으로 모여든다. 호수 주위 산봉우리가 병풍을 쳐놓은 형태이다.

「환연도중록」은 열하에서 북경으로 돌아오는 구간에서 보고 듣고 겪은 일을 기록했다. 열하에서 반선라마에 대한 조선 사신들의 불신은 건륭제를 불쾌하게 만들었다. 그 결과 북경으로 돌아오는 조선 사신들에 대한 청나라의 예우는 홀대로 변했다. 이 구간에서 연암이 겪은 수모는 고북구의 세 번째 관문에 있는 절에서 일어난 '오미자 사건'이었다. 연암은 절에 늘어놓은 오미자 몇 알을 주워 먹고, 중으로부터 곤욕을 치른다. 다행히 춘택이란 인물의 허세와 재치로 위기를 벗어날 수 있었지만, 연암은 그 사건에서 보잘것없는 지푸라기 하나라도 남의 것을 함부로 건드려서는 안 된다는 걸 깨닫는다. '지푸라기론'이라고 부르는 연암의 반성록은 이렇다.

옛 성인은 남의 물건을 사양하고 받으며 취하고 주는 것을 매우 삼갔으니, 말하기를, "만일 옳은 일이 아니라면, 비록 한낱 지푸라기라도 함부로 남에게 주지도 않을뿐더러, 남에게 받지도 않는 거야." 하였던 것이다. 대체 한낱 지푸라기로 말한다면, 천하에 지극히 작고도 가벼운 물건이어서, 족히 만물 중에서 손꼽을 존재조차 없겠으니, 어찌 이것으로써 사양하고 받는다든지 취하고 준다든지 하는 순간을 논할 나위가 될까 보냐. 그러나 성인은 이와 같이 엄청나게 심한 말씀을 하여 마치 이에 커다란 염치와 의리가 존재하는 듯 말하였음을 이상하게 여겼더니, 이제 이 오미자로 인해 일어난 일을 체험하고 나서, 비로소 성인의 한낱 지푸라기를 이끈 말씀이 과연 지나치게 심함이 아님을 깨달았으니, 아아, 성인이 어찌 나를 속이겠느냐. 두어 날

의 오미자는 실로 한낱 지푸라기와 같은 물건이건만 저 완패(頑
悖, 성질이 고약하고 행동이 막됨)한 중이 나에게 무례한 행위를 한
것은 횡역(橫逆, 이치에 어긋남)의 경지에 이른 것이다. 그리하여
이로 말미암아 다투기 시작해서 주먹다짐까지 이르렀을 뿐더
러 바야흐로 그들이 싸울 때는 분한 마음을 이기지 못하여 제각
기 생사를 분간하지 않았으니, 이때를 당해서는 비록 두어 낱의
오미자일망정 재화가 산더미처럼 높았던 만큼 이는 결코 천하
에 지극히 가늘고도 가벼운 물건이라 얕보기는 어려울 것이다.

—「환연도중록」8월 17일에서

2차 기행 때에 사마대 장성을 가면서 밀운수고의 모습을 사진
에 담았고, 돌아오면서 또다시 언덕에 올라 오랫동안 그곳을 살폈
다. 발아래에 물속으로부터 조선 사신 일행이 산을 넘고 물을 건너
는 모습이 어렸다. 약소국으로 강대국에게 조공을 바치고 굴욕적인
사대적 관계를 맺어야만 했던 사신들의 행적을 떠올리니 가슴에 쏴
아 하고 바람이 인다. 그들은 말이 사신이지 속국의 신하로 취급받
고 굴욕을 당했다. 그런 속에서 어떤 이는 사대주의에 빠져 청맹과
니가 되었고, 어떤 이는 수수방관하거나 아니면 청나라 문화와 문
명을 애써 외면했다. 그러나 연암은 진취적이며 때로는 열정적으로
청 문명을 관찰하고 탐구하려고 애썼다. 그러한 발자취가 물속에서
잠겨서 나를 올려다보고 있는 듯해서 한동안 밀운수고를 바라보았
다.

해가 밀운수고를 지나 서쪽으로 옮겨간다. 붉은 놀이 어둠과 함
께 몰려와 물을 덮는다. 고북구 장성 쪽으로 연암의 일행이 어둠 속

을 헤치고 걸어온 것처럼 우리도 길을 가기 위해 일어섰다. 차에 몸을 실었다. 뒤를 돌아보니 고북구 위에 뜬 달이 자리를 옮겨와서 밀운수고를 환히 비춘다.

북경 편지
― 사마대 장성에서

M 씨에게

북경에서 열하로 가자면 밀운을 거쳐 고북구를 지나야 했소. 몽골로 통하는 중요한 관문인 고북구는 거용관과 더불어 '북경의 인후부'로 불리는 곳이오. 연암도 이 지역을 통과하면서 쓴 「야출고북구기」에서 만리장성의 험한 요지로 고북구만 한 데가 없다고 했소. 당신도 알다시피 그는 이곳을 지나면서 '건륭 45년 경자년 8월 7일 밤, 삼경 조선 박지원 이곳을 지나다.'라고 써놓았소. 물론 그 글씨는 지금 성벽에는 없소.

고북구 일대 장성은 힘차게 달리는 모습을 하고 있소. 그래서일까, 명나라 장성의 본래 모습을 보전하고 있다 하여 1987년 유네스코에서 '원시장성(原始長城)'으로 평가되어 세계문화유산에 등재되었소.

사마대 장성

'원시'라니요. 본래 그대로의 자연적인 모습은 만리장성과 같은 인공물에는 찾기 어렵소. 만약 그런 게 있다면 그와 비슷한 것이 있다는 말이겠지요. 그래서 나는 고북구 일대에서 만리장성의 원형적 모습을 잘 보존하고 있는 사마대 장성을 찾아갔소. 사마대 장성–금산령 장성–반룡산 장성–와호산 장성으로 이어지는 이 구역은 고북구에서 관리하고 있소. 사마대 장성은 북경에서 120킬로미터로 차로 두 시간 정도 걸리는 거리에 있소. 밀운을 거쳐 고북구로 가는 중간 지점 도로에서 오른쪽으로 들어가면 사마대 시골 마을이 있소. 이곳에서 올려다보면 높은 산 능선을 따라 장성이 줄을 지어 달리고 있소. 마치 공룡의 등처럼 굽이치고 있는 모습이오. 중국인들은 이런 만리장성을 두고 '용'의 모습이라 말하고 있지요. 매표소를 지나 장성 입구에는 케이블카를 타는 곳도 있지만, 나는 저수지를 따라 난 길을 걸어서 올랐소. 오르면 오를수록 장성은 꿈틀거리며 험한 산봉우리와 계곡을 따라 웅장한 자태를 드러낸다오. 들숨 날숨을 내쉬며 가파른 산길과 계단을 한 시간 정도를 걸려 동쪽 '망경루'라는 망루에 올랐소. 발아래 굽이치는 산줄기의 사마대 장성이 서쪽 금산령 장성으로 이어졌소. 끝이 보이지 않는 풍경을 일러 천하의 '장관'이라 할 것이오. 연암의 말을 빌린다면 가히 한바탕 울기 좋은 '울음터'요, 그 울음은 장성에다 목숨을 바친 수많은 혼의 통곡이오. 만약 죽은 이들이 이곳으로 몰려와 한꺼번에 울음을 터트린다면 그 통곡에 장성은 일시에 무너질 것이오. 그러나 현실에서 그런 일은 없고 보니, 나는 풍광의 장대함에 취해 그저 멍하니 바라보고만 있었소. 아니오. 장대함이란 단지 풍광만을 말하는 게 아닌지요.

장성 외벽 벽돌에 새겨진 글자를 보았소. 장성을 쌓은 이들의 실명을 뜻하는 이름이 퇴색되어 희미하게 남아 있었소. 그것은 그들의 목숨을 대가로 장성이 만들어졌다는 것을 말하고 있소. 영국의 사학자 E.H. 카는 '역사란 과거와의 대화'라고 했소. 그렇다면 장성은 수많은 인민의 목숨과의 대화일 것이오. 그런 대화는 바람에 불려 날아가고 질문만이 거대한 장성처럼 꼬리를 물고 일어났소. 도대체 무엇을 위해, 누구를 위한 장성인가. 이민족 침입을 위해서라는 대답 뒤에 남긴 엄청난 희생은 뭐란 말이오. 오히려 만리장성은 각기 다른 정치와 문화, 민족 간의 단절과 불화를 조성한 벽이 된 게 아닌가요. 그런데 이런 질문도 물건을 팔려고 따라다니는 현지 장사치들 때문에 끊어지고 말았소. 끈질기게 따라붙는 그들에게 질

려버렸소. 그러나 그들의 검게 탄 얼굴과 인내를 생각하면 미워할 수만은 없었소. 왜냐하면, 이미 그들은 장성과 한 몸이 되어 살아가기 때문이었소. 사마대 장성을 내려와서 다시 사마대 장성을 올려다보니 낮달이 장성 뒤에 얼굴을 내밀었소. 깎아지른 절벽 위로 둥근 달이 가볍게 걸음을 옮겨놓고 있었소. 그것은 '구름 속의 용'이라 불리는 사마대 장성의 신비함이 아니라, 해와 달에 비친 본래 모습인 '원시장성' 자태였소. 아니, 그것은 자연과 역사의 비경이 아니라 인민과 삶의 비경이오. 그들은 그렇게 살아왔고, 그렇게 살고 있소. 그러나 달의 입장에서 보면 장성은 성도 아니고 벽도 아니오. 그래서 나는 돈과 권력과 욕망, 이념 따위에 목숨을 걸고 성과 벽을 쌓느라 자신의 인생을 허비한다고 느낄 때마다 사마대 장성의 달을 떠올리고 싶소. 그러면 '달은 못 보고 달을 가리키는 손가락만 보고' 살아가는 우리의 부끄러움도 함께 떠오를 것이오. 이만 줄이오.

사마대 장성에서 문 영 드림

짜이찌엔, 열하의 피서산장!

피서산장은 궁정구·호수구·평원구·산악구 4개 구역으로 구분한다. 내가 처음 피서산장을 방문할 때는 궁정구를 거쳐 호수구 입구에서 배를 타고 열하천으로 갔다. 두 번째로 왔을 때는 궁정구와 호수구와 평원구를 기행했다. 세 번째에 와서야 산악구를 갔다 (피서산장 지도 참조).

궁정구

궁정구는 피서산장의 정문인 여정문(麗正門)에서 시작된다. 여정문을 포함하여 피서산장의 궁문(宮門)은 아홉 개다. 여정문 서편 가까운 곳에 식량과 물자를 실은 수레가 출입하는 창문(倉門)이 있고, 창문에서 서쪽 성벽을 따라 30분 정도 걸어서 내려가면 일반인이 출입하는 벽봉문(碧峰門)이 있다. 여정문 동편에는 가축을 몰고 올 때 사용하는 철문(鐵門) 및 성관문(城關門)이 있고, 성관문에서 동쪽으로 더 가면 궁중 대신들이 산장에서 벌어지는 연회나 희대극을

피서산장 지도

보기 위해 출입하는 덕회문(德匯門), 열하천과 가까운 동쪽에 라마
승이 출입하던 유배정문(流杯亭門), 영우사가 있는 동북쪽에 외국 사
신들이 출입하던 혜적길문(惠迪吉門), 황제가 외팔묘에 오갈 때 출
입하는 서북문(西北門) 등이 있다.

　여정문을 통과하여 외오문을 들어가면 내오문이다. 내오문의 좌
우로 동조방과 서조방이 있다. 이 중 피서산장 박물관 제1전시실인
동조방이 조선 사신이 대기한 곳이다. 내오문은 강희제의 글씨 '피
서산장' 편액이 붙은 담박경성전(澹泊敬誠殿) 출입문이다. 담박경성
전은 황제가 국가와 군사ㆍ정치 등의 사무를 처리하는 곳으로 강희
49년(1710)에 건립되었다. 실내에는 '담박경성' 편액이 가운데 걸려
있고, 황제 자리에는 황색 보료가 놓여 있다. 벽에는 황여전도(청나

223

제이처 옐, 열하의 피서산장!

담박경성전 황제좌

라 때 전국지도), 병풍에는 경직도(농사짓는 과정을 그린 그림), 여러 가지 집기들이 놓였다. 담박경성전은 바깥 소나무와 조화를 이루어 소박하면서 장중한 정취를 자아낸다. 담박경성전 뒤편 사지서옥(四知書屋)은 황제가 휴식을 취하거나 주요 인사를 접견하는 등 업무를 보는 공간으로 5칸 건물이다. 여기서 '사지'란 『역경』 「계사」의 "군자는 세밀한 기미(기색), 밝고 분명한 것, 부드러움, 강함을 알아야 한다(君子知微知彰知柔知剛)"에서 따왔다. 다음 건물인 십구간전은 '19방'으로 황제를 보필하는 최측근들이 사용하는 방이다. 십구간전 뒤편 연파치상과 운산승지는 황제와 황후가 기거하는 생활 공간이다. 연파치상에는 황제 침실인 서난각이 있는데, 7대 가경제와 9대

함풍제는 이곳에서 사망했다. 운산승지는 2층 누각으로 황제와 황후가 생활하면서 호수와 산과 경극 등을 구경하는 곳이다.

궁정구에는 담박경성전과 짝을 이루는 송학재, 계덕당, 창원루, 만학송풍 등의 건물이 동쪽에 늘어서 있다. 송학재는 황태후가 기거하는 곳이다. 만학송풍은 강희제의 독서 공간이면서 손자인 건륭제가 독서를 했던 곳이다.

궁정구에서 동궁은 은호 옆에 있었으나 1945년 화재로 건물 전체가 불타 없어졌다. 건륭 19년(1754)에 세운 동궁은 규모 면에서 담박경성전보다 컸다고 한다. 당시 주요 건물로 청음각, 근정전, 복수원, 권아승경 등이 있었다. 특히 청음각은 3층 북향 건물로 황제가 소수민족의 왕이나 귀족 그리고 외국 사신들을 접견하고 연회를 베풀거나 경극 등 연희를 관람하는 곳이었다. 건륭제 칠순 잔치에 사절로 온 정사 박명원, 부사 정원시, 서장관 조정진 등은 이곳 청음각에서 벌어진 공연에 참석했다. 연암은 청음각 바깥 덕회문 담장에서 구경했는데, "담장을 돌아 여남은 걸음을 가서 작은 일각문(一角門)이 있는데, 한쪽은 열려 있고 또 한쪽은 닫혀 있다. 내가 조금 들어가서 보려 한즉, 군졸 몇이 말리며 문밖에서 바라보기만을 허용한다. 문 안 사람들은 모두 문을 등진 채 즐비하게 섰는데, 조금도 자리를 옮기지 않고 마치 허수아비를 세워놓은 듯했으며, 엿보려고 하여도 작은 틈도 없기에 다만 그들 머리 사이 빈 곳으로 바라본즉, 은은히 한 더미 푸른 뫼에 솔과 잣나무가 울창한데 잠깐 눈을 돌린 사이 별안간 어디론지 사라져버린다."(『태학유관록』 8월 12일에서)라고 기록했다.

호수구

강희제는 피서산장에서 빼어난 36경을 네 글자로 편액에 기록했다. 손자 건륭제 또한 36경을 지정해서 세 글자로 편액에 기록했다. 이후 네 글자는 강희제, 세 글자는 건륭제로 피서산장 승경은 총 72경이다. 이 중 서른한 곳이 호수구에 있다. 호수구에는 여덟 개의 인공 호수가 있다. 은호에는 세 개의 정자가 어우러진 수심사, 은호와 경호 사이에는 문원사자림(文園獅子林), 경호에는 계득당 등이 있다. 특히 강남 소주의 사자림을 모방해 지은 문원사자림은 그 속에 16경을 간직한 '정원 속의 정원'이라고 알려졌다. 호수구는 월색강성, 여의주, 환벽 등의 인공섬에 지경운제라는 둑으로 연결했다. 소동파의 「적벽부」에서 따온 월색강성은 상호와 하호 사이, 환벽은 여의호 입구, 여의주는 여의호와 징호 사이에 있다. 여의주는 호수구에서 가장 큰 인공섬인데 창랑서(滄浪嶼)와 연우루(煙雨樓) 누각이 유명하다. 창랑서는 소주의 창랑정을 모방했다. 창랑은 굴원의 「어부사」에서 따왔지만, 창랑서는 그 말과는 상관없이 '여의주 섬 속의 섬' '호수 속의 호수'라는 애칭이 따라 다닌다. 연우루는 다섯 개의 기둥으로 지어진 2층 누각인데 호수구에서 가장 빼어난 풍광을 연출한다. 구름과 안개가 어린 물빛과 안개비 내리는 호수의 풍경을 완상하기에 더없이 좋다고 한다. 연우루에서 호수 건너편 동쪽에는 금산도(金山島)가 있다. 금산도에는 상제각(上帝閣)·천우함창·경수운잠·방주정 등이 있는데 그중에서 상제각은 3층 누각으로 호수구를 상징하는 건축물이다. 그 까닭은 상제각은 황제와 황후가 하늘에 제사 지내는 곳이자 호수구 건물 중에서 가장 높아 호수 전

체 풍경을 한눈에 볼 수 있는 곳이기 때문이다.

호수구 안쪽에는 천변석과 표지석이 있다. 그 이름은 '열하'로 그들은 피서산장의 토박이이면서 주인이다.

평원구

평원구는 피서산장의 동북쪽에 있는 초원 지역이다. 평원구에는 만수원(萬樹園)이라는 넓은 초원과 숲속 길가에 정자와 연못, 절과 탑, 헌(軒)이라는 창이 달린 작은 누각과 시비(詩碑) 등을 곳곳에 배치해놓았다. 만수원는 건륭제 때 성대한 규모의 연회를 하던 장소로 각종 가무와 마술, 잡기, 불꽃놀이 등을 했다. 몽골 왕족과 외국 사신들이 초대되어 이곳에서 연회에 참석하고 행사를 관람했다.

평원구 사리탑

연암이 기록한, 등불로 글자를 쓴「만년춘등기」와 불꽃놀이를 말한
「매화포기」의 행사는 이곳 만수원에서 벌어졌다. 평원구에서 가장
큰 사찰인 영우사는 건륭 16년(1751)에 세웠다. 만수원 동북쪽에 있
다. 사찰 뒤편에 높이 솟아있는 사리탑(육합탑)은 9층으로 멀리서도
보인다. 건축 양식이 항주의 육합탑을 모방했다. 66미터 높이에 팔
각형으로 여덟 군데마다 불상이 부조되어 있다. 탑의 남쪽과 북쪽
에는 아치형 석문이 있고, 석문을 통해 탑 꼭대기에 오를 수 있다.
탑 꼭대기는 금으로 도금하여 해가 떠올라 정오가 되면 황금빛이
주변을 물들인다고 한다. 그리고 만수원에서는 몽골포(蒙固包)라는

게르 촌이 있다. 청나라 때 몽골 왕과 왕족들이 머물렀던 곳이다.

산악구

산악구는 동쪽에서 서쪽을 따라 진자욕·송림욕·이수욕·송운협의 네 개의 협곡으로 구분한다. 그러나 이런 분류는 짧은 기간에 기행을 해야 하는 이들에게는 별 도움이 되지 않는다. 두 번이나 산악구 기행에 실패했다가 세 번째에야 산악구 코스를 번개처럼 돌게 된 내 경우도 마찬가지이다. 다행스럽게 나는 산악구에 대해 관심을 가지고 예비학습을 했기에 산악구 코스를 어느 정도 이해했다.

궁정구를 나오면 피서산장 표지석이 있는 호수구 입구이다. 이곳에서 우리는 산악구를 운행하는 미니버스를 탔다. 버스가 송학청월이란 정원을 지나 가파른 소나무 길을 올라 서쪽 산등성이 꼭대기 사면운산(四面雲山) 정자에 우리를 내려놓는다. 사면운산은 홑처마에 지붕 면이 가파르고 보정(寶頂)을 덮어씌운 양식(찬첨식(攢尖式))이다. 사방 주변 경치가 한눈에 들어와 마치 구름과 안개가 정자로 몰려오는 듯한 정취를 자아낸다. 이런 분위기 때문에 사면운산은 외부의 경치를 원림(園林) 안에 배치하는 차경(借景)이 뛰어난 곳이라 한다. 사방의 산과 구름과 안개를 불러모아 볼 수 있다고 해서 사면운산이다. 와서 보니 그 말이 허언이 아니다.

다시 미니버스를 갈아타고 방학정을 지난다. 구불구불 올라서 서북문에서 왼편으로 돌아 고구정(古俱亭) 아래에 내렸다. 피서산장 장성이 보이고 계단을 따라 올라 장성에 올라서니 외팔묘의 정경이 발아래 보인다. 보타종승지묘와 수미복수지묘 등 티베트 사원의 풍경을 실컷 구경했다. 버스를 타러 내려오니 광원궁이라는 도교 사원이 있다. 꽤 규모가 큰 사원이다. 저녁 북소리와 새벽 종소리가 장엄하고 맑다고 가이드가 말해준다. 버스는 가파른 길을 휘돌아 내려간다. 청풍녹서(靑楓綠嶼)로 간다. 그런데 편도 도로가 운행하는 차로 꽉 막혔다. 움직이질 않는다. 청풍녹서는 구경하는 사람들이 많고 오랫동안 관람하기에 그렇단다. 청풍녹서의 건물은 북경의 전통 주택 양식과 비슷하다. 피서산장 중에서 가장 뛰어난 절경이면서 수많은 풍경을 거느리는 듯한 정취를 느낀다. 청풍녹서의 뜻은 강희제가 계림의 산수를 흠모해서 아열대인 푸른 오동나무와 파초 대신에 푸른 단풍나무 숲을 섬처럼 조성했다는 데서 나왔다. 그는 청풍녹서를 두고 "북쪽 준령에 단풍이 많아 무성한 잎에 아름다운 녹음이 우거지니, 아름다운 색조가 오동나무나 파초에 뒤지지 않는다."라고 읊었다. 청풍녹서에서 피서산장 풍경은 제대로 보지도 못하고, 대기하고 있는 여러 대의 버스 곁을 지나 선두에 있는 차를 탔다. 송운협을 거쳐 이화반월(梨花伴月)로 간다. 푸른 산과 배나무가 어우러진 이화반월은 봄이면 배꽃이 피어 향기가 골짜기를 채우면서 배꽃이 휘날리는 풍경이 장관이라고 한다. 여름날에 와서 보니 배나무잎도 푸르러 흥취가 일지 않는다. 잠시 머물다 방원거에 도착했다. 이렇게 산악구 기행은 주마간산(走馬看山)으로 끝났지만 직접 보고 느낀 여운은 깊게 남았다.

3차 기행에서 본 열하(승덕시)는 고층 건물과 아파트 숲으로 바뀌었다. 10년 전에 왔을 때 비해 열하는 급속하게 도시화되었다. 이런 변화 속에서도 피서산장은 청나라 역사를 품고 도시 속의 원림으로 고풍스럽고 장엄하게 남아 있다. 연암도 열하의 피서산장과 함께 있다. 여정문 앞 박지원 비가 그

피서산장 정문 앞 박지원비

것을 말해준다. 피서산장을 건설한 강희제나『열하일기』를 집필한 연암이나 모두 열린 세계를 향한 열망을 추구한 삶을 살았다. 그들처럼 열망이 없으면 변화도 없고 고난도 없다. 변화와 고난을 모르는 삶은 앞으로 나아가지 못한다. 열망은 우리를 되돌아오면서 나아가게 한다.

나는 호수구를 지나 초원구를 보면서 피서산장을 나온다. 버스를 탄다. 피서산장을 되돌아본다. 손을 흔든다. 짜이찌엔, 열하의 피서산장!